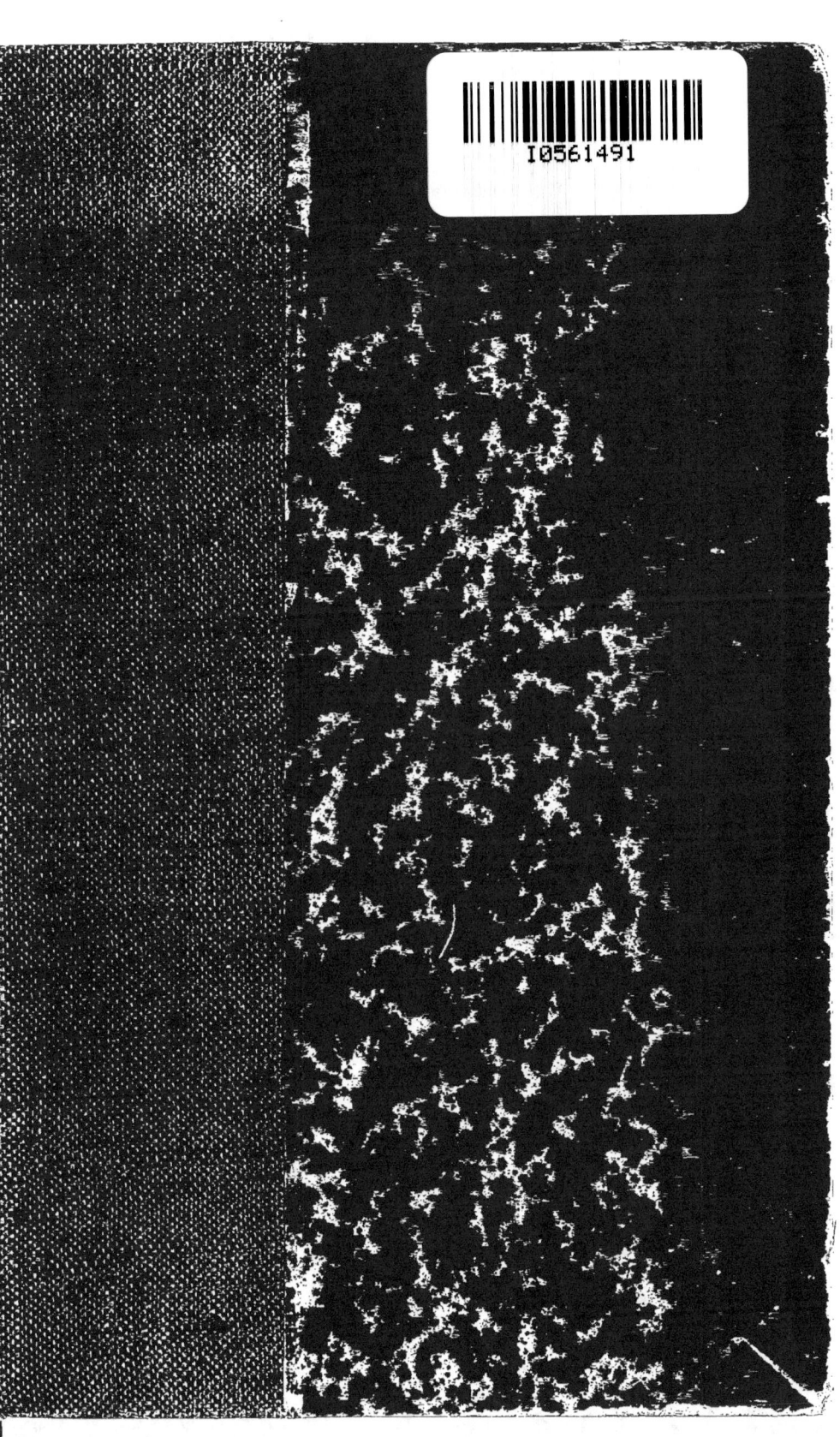

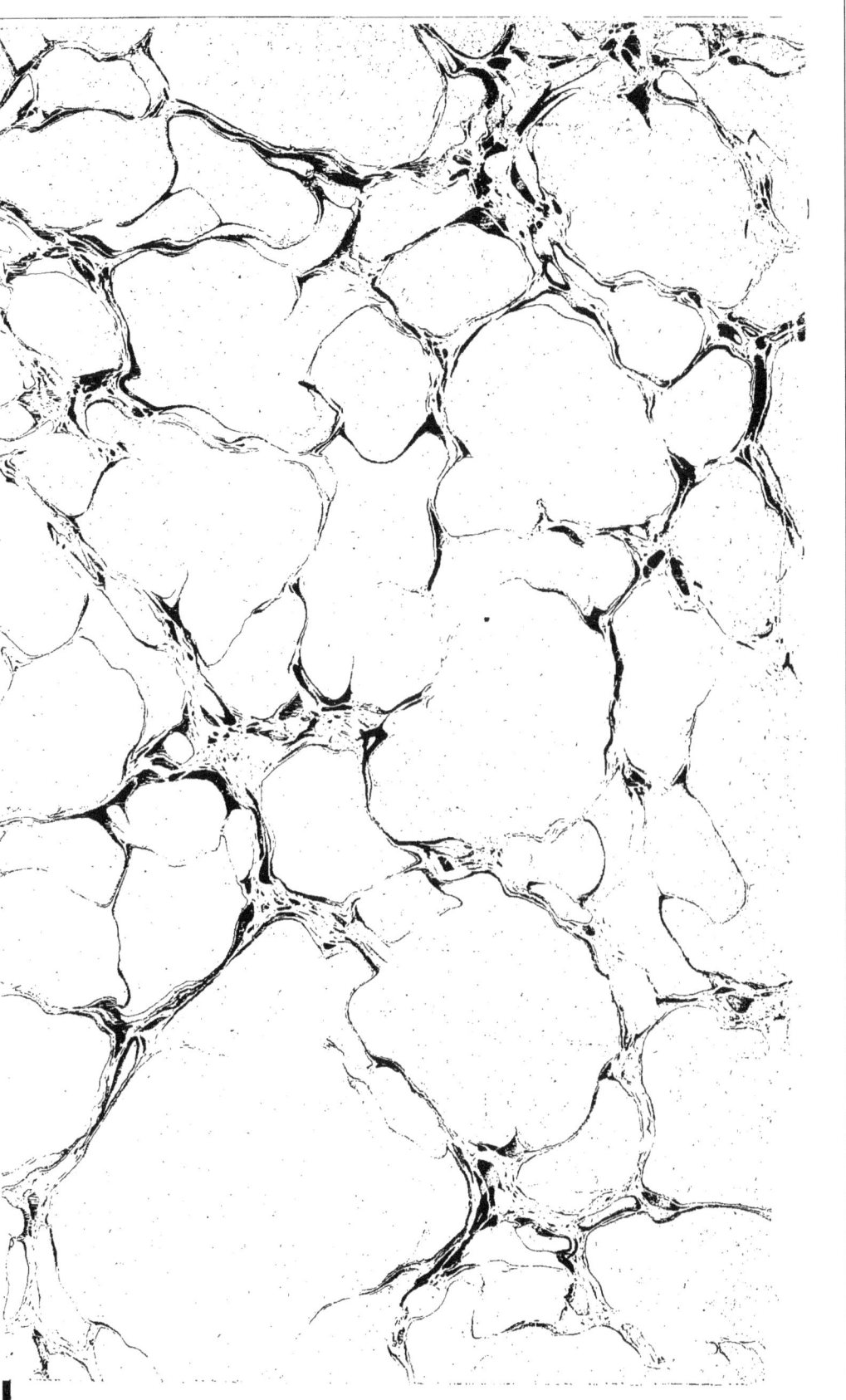

CHAMPFLEURY

LE

VIOLON DE FAÏENCE

DESSINS EN COULEUR

PAR M. ÉMILE RENARD

DE LA MANUFACTURE DE SÈVRES

EAUX-FORTES PAR M. J. ADELINE

PARIS

E. DENTU, ÉDITEUR

LIBRAIRE DE LA SOCIÉTÉ DES GENS DE LETTRES

Palais-Royal, 15-17-19, Galerie d'Orléans

LE

VIOLON DE FAÏENCE

CORBEIL. — TYP. ET STÉR. DE CRÉTÉ

VIOLON DE FAÏENCE DU MUSÉE DE ROUEN

CHAMPFLEURY

LE

VIOLON DE FAÏENCE

DESSINS EN COULEUR

PAR M. ÉMILE RENARD

DE LA MANUFACTURE DE SÈVRES

eaux-fortes

PAR M. J. ADELINE

PARIS

E. DENTU, ÉDITEUR

LIBRAIRE DE LA SOCIÉTÉ DES GENS DE LETTRES

GALERIE D'ORLÉANS (PALAIS-ROYAL)

—

1877

©

PRÉFACE

*Il y a une quinzaine d'années, alors que la fièvre de la céramique emportait l'auteur de ce Conte par monts et par vaux, il fut mis en rapport, grâce à la franc-maçonnerie des collectionneurs, avec un certain nom-bre de personnes de diverses classes, atteintes de la même passion.*

Un des plus ardents chercheurs à rompre la monotonie de la vie provinciale par une pour-suite sans relâche des objets d'art, mit un jour sous les yeux du voyageur un violon de faïence et lui conta en quelques mots les pérégrinations de l'instrument, avant qu'il fît partie de sa collection.

L'homme avait accroché un drame au mur

de son cabinet, sans y prendre garde. Il n'en
fut pas de même du conteur.

Toutefois le récit devait germer un certain
nombre d'années avant de pointer; il se déve-
loppa lentement et donna une fleur d'une coloration d'autant plus bizarre alors que la passion
de la faïence n'avait pas pris les proportions
qui, au dernier siècle, caractérisèrent les collectionneurs de tulipes, en Hollande.

Aujourd'hui le goût des objets d'art de la
même nature s'étant accru considérablement, le
décor de ce petit drame semble plus naturel et
appartient d'autant moins au domaine de l'exception que l'érudition devait encore redoubler
la fièvre des collectionneurs.

Une bibliothèque d'ouvrages sur les arts
céramiques se forma nombreuse et coûteuse,
à laquelle rien ne manquait, pas même un
Conte. Aussi, grâce aux matières qu'il
traite, ce récit a-t-il paru digne de faire partie de cette bibliothèque chère aux collectionneurs.

Le poste auquel, après vingt-cinq ans de
travaux, l'auteur fut appelé lui facilitait l'é-
tude des lois des décors de la faïence; naturellement il songea à en faire bénéficier son

œuvre et à la décorer d'agréables ornementa-
tions.

Un peintre attaché à la manufacture de
Sèvres, M. Emile Renard, apporta à l'exécu-
tion du livre une part précieuse de collaboration
en coloriant finement des dessins empruntés
aux plus ingénieux motifs des faïences italiennes, françaises et hollandaises.

Un jeune architecte de Rouen, M. J. Adeline,
aussi expert avec la pointe du burin qu'avec le
compas, voulut bien prêter son concours sym-
pathique à l'œuvre en reproduisant les diverses faces d'une des pièces qui font l'orgueil
du Musée céramique de sa ville.

Un éditeur, M. E. Dentu, qui a le souci des
beaux livres, jugea qu'il y avait dans le plan
décoratif que l'auteur lui soumettait un essai à
tenter auquel eût applaudi Curmer.

Grâce aux efforts combinés de M. Crété et
de M. Lemercier, la typographie et la chromolithographie entrèrent en relations et for-
mèrent un de ces ménages dont le bonheur est
dû quelquefois à des divergences de tempérament.

Et c'est ainsi qu'écrivain, décorateur, aqua-
fortiste, éditeur et imprimeur ayant prêté leur

concours à cette union, il en est résulté un ouvrage illustré par des applications nouvelles.

Le livre est tiré à petit nombre. On espère que le public s'associera à un essai où la question de frais n'a pas été mise en regard du résultat décoratif à atteindre.

SÈVRES, janvier 1876.

LE

VIOLON DE FAÏENCE

I

Qui n'a entendu parler, à
Nevers, de Dalègre, un des
types les plus accentués du

tempérament nivernais, c'est-à-dire un homme
petit, gai, souriant, affable, la figure fortement
colorée, portant les traces du vin du pays comme
un cavalier porte les couleurs de sa dame?

Dalègre fut un des meilleurs compagnons
d'une ville riche en bons vivants, en gens sains
de corps et d'esprit, subtils en paroles, ne reculant pas devant un propos salé, et jouissant
de la vie en hommes joyeux et prudents qui ne
veulent pas l'user tout d'un coup.

De vingt à trente-cinq ans, Dalègre remplit
le pays de son nom. Pas de bonne fête sans
Dalègre; il était beau danseur, et les mères ne
manquaient pas de demander à leurs filles :
« As-tu été invitée par M. Dalègre? »

Aussi, pendant quinze ans, Dalègre fut-il le
roi de la ville. Avec un peu d'ambition, il eût
pu faire meilleure figure encore; mais comme
les plaisirs l'entraînaient dans leur ronde, il
s'y laissa aller jusqu'à ce qu'un jour, cette vie
perpétuelle de chasses, de dîners, de bals et de
fêtes le fatiguant, il vint faire un tour à Paris.

Malheureusement pour lui, Dalègre y ren-
contra un ancien ami de collége, Gardilanne,
qui était bien le caractère le plus opposé au sien
qui pût se voir.

Gardilanne, chef de bureau au ministère des affaires étrangères, était maigre, maladif, soucieux le plus souvent. Gardilanne avait un estomac délicat. Dalègre eût digéré du fer.

Les deux amis s'entendirent néanmoins. Dalègre était naturellement porté par son heureux caractère à accepter toutes les fantaisies de ceux qui l'approchaient, pourvu qu'on lui passât les siennes.

Au restaurant où Gardilanne emmena Dalègre, il sortit de sa poche une petite topette qui contenait un doigt de vin, le seul qui lui convînt; il n'empêcha toutefois pas le Nivernais de boire une excellente bouteille de Corton.

Dalègre alla au spectacle. Gardilanne rentra chez lui, car le chef de bureau s'était fait une loi de se coucher à neuf heures; et il disait ne pouvoir conserver sa frêle santé qu'à force de précautions, comme de manger à des heures régulières, de se nourrir peu à la fois et souvent, de n'avoir ni femme, ni enfants, ni passions, ni inquiétudes d'aucune sorte.

Dalègre, étonné de ce genre de vie, se demandait quelles joies pouvait goûter dans Paris un célibataire de quarante ans, dont la société consistait en une femme de ménage acariâtre, et il crut réellement que Gardilanne n'avait pas de passions. En ceci, il était médiocre observateur ; la suite de son séjour à Paris le lui apprit.

Tous les matins, Gardilanne, levé à six heures, prenait un modeste repas. Qu'il fît vent, grêle, neige ou pluie, le chef de bureau battait le pavé pendant trois heures en commençant par le faubourg Saint-Antoine pour terminer par le quai Voltaire.

Gardilanne se disait sans passions ; c'était l'être le plus passionné qui se pût voir, plus ardent que le chasseur, plus inquiet qu'un amant à son premier rendez-vous, plus tyrannisé qu'un ambitieux, plus fébrile qu'un joueur, les yeux enflammés comme un Corse qui guette son ennemi, aussi brillants que ceux d'un gourmand devant l'étalage de Chevet, les mains plus convulsives qu'un homme dont la dernière carte représente la ruine ou la fortune.

Pas de passions ! Gardilanne les possédait toutes, fondues en une seule, la plus vive, la passion des collections !

Gardilanne aimait les beaux meubles, les ta-

bleaux des maîtres ; comme une femme, il se
plaisait à manier les dentelles anciennes. L'Inde
et le Japon lui apparaissaient sous la forme d'é-
léphants sacrés ou de pieuvres fantastiques ; les
émaux de Limoges, les premiers états d'eaux-
fortes rares, les ivoires, les verreries de Venise
se disputaient son admiration autant que les
somptueuses étoffes du Levant, les faïences de
Henri II, les miniatures, les armes, les taba-
tières, les bahuts et les crédences. Il aimait
tout objet précieux, hors de prix.

Pour satisfaire sa soif de collectionneur,
Gardilanne était devenu d'une avarice à mal-
traiter son corps au dedans et au dehors, par la
nourriture et l'habillement, afin d'économiser
chaque jour quelques sous à jeter en proie au
monstre du bric-à-brac.

Gardilanne dormait à peine la nuit, rêvant
sans cesse d'objets plus merveilleux que les
trésors des *Mille et une Nuits*. Le tonnerre eût
éclaté dans la rue que Gardilanne ne se fût pas
dérangé de la vitrine d'une boutique au fond
de laquelle son œil plongeait, cherchant si,
dans un entassement d'objets sans valeur, il n'y
avait pas quelque bon coup à faire.

Pas de passions ! Gardilanne en eût remontré

à un chat guettant une souris. Quand, le masque froid comme celui d'un juge, il marchandait un lot de bouteilles de pharmacie dans l'échoppe d'un revendeur de la rue Mouffetard, qui se serait douté que le bois d'un fauteuil armorié pendu au plafond était la proie qui attirait Gardilanne, se disant marchand de verres cassés pour entrer en possession du siége dans lequel s'était peut-être assis le grand Condé ?

Pas de passions ! Qu'étaient-ce que ces sillons verdâtres sur une peau jaune et luisante, ce parchemin collé sur des pommettes saillantes, ces yeux creux sans cesse allumés par la fièvre, ces épaules courbées avant l'âge, cette vieillesse anticipée ? Une misère profonde eût moins efflanqué le chef de bureau : âgé seulement de trois ans de plus que Dalègre, il pouvait passer pour son père, et un père avare, tant sa figure était tirée, tant ses vêtements étaient râpés.

Dalègre, qui avait perdu Gardilanne de vue depuis le collége, trouva son ami fortement vieilli ; mais il n'en témoigna rien, de semblables observations étant d'ordinaire mal reçues. D'ailleurs il fut ébloui par les entassements

d'objets de prix qui encombraient l'appartement de Gardilanne, tellement rempli de merveilles qu'on pouvait le prendre pour le garde-
-meuble de la reine de Saba.

Pas une place où mettre le pied dans ce logis !
Il fallait prendre garde à ses coudes, à son chapeau, à chacun des moindres mouvements du
corps. C'était un musée en désordre, mais
qui laissait entrevoir des richesses de toute nature.

Cependant Gardilanne n'avait pour tout revenu qu'une place de cinq mille francs ; mais il
remplaçait l'argent par la patience, une activité
sans bornes, un flair sans égal, une astuce dia-
bolique : cette dernière qualité le faisait roi de
l'*échange* parmi les collectionneurs, car sa patience, son activité, son instinct et ses cinq
mille francs eussent été insuffisants pour lui
permettre de garder cette collection incomparable.

Le secret de Gardilanne (il ne le dit pas à son
ami Dalègre) consistait à satisfaire les *desiderata*
des divers amateurs de curiosités.

Levé de grand matin, Gardilanne faisait rafle
chez les marchands de tout ce qu'il savait devoir convenir à celui-ci et à celui-là. A force de

voir et de comparer, possédant à fond la science compliquée du bric-à-brac, il était l'homme de Paris le meilleur à consulter sur une marque, une attribution, une généalogie et les diverses pérégrinations des objets d'art. Il en eût remontré aux commissaires-priseurs les plus futés, et le meilleur argument, parmi les amateurs, à propos d'un objet douteux, était de citer l'opinion de Gardilanne, qui faisait autorité sur la place.

Un tact si fin lui fit découvrir dans la moisissure des objets précieux qu'il troqua contre peu d'argent; et comme les connaissances en toutes choses valent des capitaux, au bout d'une quinzaine d'années, Gardilanne put devenir lui-même propriétaire d'une certaine quantité d'objets d'art auxquels la mode n'était pas encore attachée et qu'il força plus tard à reconnaître, non-seulement pour des raretés, mais encore pour des monuments d'une véritable valeur.

Alors Gardilanne fut heureux, plus heureux sans estomac que Dalègre au milieu d'un festin.

Le Nivernais admira de confiance les amas de splendeurs qui encombraient l'appartement, mais il ne put deviner les secrètes joies de son ami qui, aussitôt qu'il rentrait chez lui, voyait les portes du paradis ouvertes.

Dans ces chambres froides et sans feu, Gardilanne se promenait dès la pointe du jour, lançant des regards émus à chacun des objets qu'il avait sauvés de la ruine.

Qu'on s'imagine la joie d'une mère dont l'enfant a été tiré des griffes de la mort par un habile médecin! C'étaient les mêmes ravissements chez Gardilanne. La majeure partie de ses curiosités, il les avait trouvées ébréchées, déchirées, et il leur avait rendu une seconde vie avec leur éclat primitif.

Le célibataire sans enfants s'était ainsi créé une famille ; pas un objet qui ne lui rappelât une longue recherche, des combinaisons profondes, des ruses, un drame.

Quelquefois même Gardilanne se levait la nuit et allumait une bougie pour satisfaire son ardente curiosité et se repaître de la vue d'une nouvelle acquisition.

Au réveil, c'étaient encore de nouvelles joies, des extases comparables à celle de l'avare qui compte et recompte son or, car Gardilanne joignait au goût des arts un contentement

matériel qui le faisait s'écrier à tout propos :
— Ici sont entassés des millions!

Peut-être, l'argent représentant la valeur vé-
nale la plus sérieuse, Gardilanne en était-il arrivé à préciser d'une façon si matérielle sa collection, certain que cette manière de parler est
de celles qui sonnent le mieux à l'oreille des
ignorants. Il le disait aux autres, se le répé-
tait à lui-même et n'en fit pas mystère à Dalègre, qui ouvrit de grands yeux.

Comment un fonctionnaire aux appointements
de cinq mille francs pouvait-il avoir amassé des
millions? C'est ce que Dalègre ne s'expliqua pas,
même quand Gardilanne l'eut invité un matin à
une de ses chasses habituelles : elle ne dura pas
moins de quatre heures, à la suite de laquelle
Dalègre revint brisé, lui rompu à tous les exer-
cices du corps ; mais le Nivernais n'avait pas la
passion du bric-à-brac.

Les courses dans Paris, d'un faubourg à l'autre, l'intéressaient médiocrement, et il ne put
s'empêcher de manifester son dégoût dans une
boutique de chiffonnier de la rue de l'Épée-
de-Bois, où Gardilanne flaira des fragments
d'anciennes tapisseries sous des entassements
de peaux de lapin, d'os de toute sorte, dont

l'accumulation provoquait de nauséabondes odeurs.

Dalègre, s'il avait été doué de quelque observation, eût remarqué l'émotion de l'homme, la flamme de ses yeux, une tension de nerfs qui tout à coup allongeait la main de Gardilanne comme celle d'un joueur de violon : à ses doigts, qui prenaient des formes juives, il ne manquait que des ongles crochus. Dans ces détritus du chiffon, le chef de bureau fourrageait avec l'instinct de l'avare et le sang-froid du chirurgien pressé d'abréger une opération douloureuse : des deux mains il fouillait, pendant que ses yeux, comme ceux d'un agent de police, prenaient des facultés divergentes qui permettaient à Gardilanne de voir en face, de côté et presque par derrière.

Peu soucieux de semblables découvertes et ne s'y intéressant en rien, Dalègre, ennuyé, se tenait sur un pied, osant à peine poser l'autre sur le sale plancher de cette échoppe.

Le souvenir des plaines riantes du Nivernais lui revenait dans la misérable rue de l'Épée-de-Bois ; les lièvres sortant de leurs terriers lui apparaissaient sur la route à portée de son fusil, et il ne se disait pas que Gardilanne était

atteint de la même passion que lui pour la
chasse, sauf qu'elle s'appliquait à d'anciens
objets d'art.

II

II

Quand Dalègre fut sur le point de partir pour la province, Gardilanne lui dit :

— Tu connais les faïences de Nevers ?

— Non, répondit Dalègre.

Gardilanne haussa les épaules.

— Comment ! s'écria-t-il, tu habites un pays où ont été fabriquées les plus belles céramiques de France, et tu ne sais pas seulement qu'elles existent ! Je te plains !

Dalègre sourit.

— Demain matin, reprit Gardilanne, viens de bonne heure, tu prendras une première leçon ; il faut absolument qu'un homme comme toi se connaisse en faïences. C'est le plus beau titre de gloire de ta province.

2

— A quoi me servira de devenir connaisseur? dit Dalègre qui avait la bosse de l'enthousiasme local médiocrement développée.

— A ne pas passer pour un ignorant.

— Peuh ! fit Dalègre.

Mais Gardilanne revint à la charge et fit
promettre à son ami qu'il essayerait de s'ins-
truire ; en même temps il lui révélait son idée
secrète.

— Nous manquons à Paris, dit-il, de beaux
spécimens des fabriques de Nevers, par la raison que la porcelaine l'a emporté jusqu'ici sur
la faïence ; mais il viendra un jour où la faïence
triomphera et prendra le pas sur sa rivale prin-
cière. Une révolution se produira en céramique
comme elle a éclaté en 89. La faïence, c'est
la bourgeoisie qui demande à faire reconnaître ses droits, et le sort de la noblesse
est réservé à la porcelaine. On ne la persécu-
tera pas ; mais elle tombera dans l'oubli, et
seulement les parvenus, pour se donner des airs
de grands seigneurs, rechercheront cette froide
et vaniteuse fabrication.

Dalègre ne comprit pas la leçon ; il se souciait médiocrement de la déclaration du Tiers,
et le petit livre de l'abbé Sieyès ne l'avait ja-

mais fait rêver. C'était un homme de plaisirs, ami dévoué d'ailleurs, et il le prouva dans cette circonstance.

Voyant que Gardilanne désirait vivement des faïences de Nevers, il s'efforça de comprendre les leçons de son ami, quoiqu'il eût de la peine à se loger dans l'esprit les *jaunes*, les *bleus* et les *verts* qui faisaient la base des *décors* nivernais.

Il écouta vaguement l'historique des fabriques de sa province, à savoir, que des artistes italiens étaient venus s'établir à Nevers au seizième siècle, attirés par les ducs, et qu'ils avaient modelé et peint des vases de grande dimension.

En même temps Gardilanne plaçait sous ses yeux un échantillon précieux, une sorte d'aiguière aux anses en forme de cordes roulées. Mais ce que le chef de bureau désirait par-dessus tout était des échantillons de *blanc sur bleu*, dont le seul type dans le cabinet du collectionneur consistait en un carreau émaillé provenant du palais des ducs de Nevers.

— Une merveille d'ornementation qui rivalise avec le *sopra bianco* des écoles italiennes ! s'écriait-il.

Gardilanne mit la merveille dans la main de Dalègre qui la considéra avec autant de stupéfaction qu'une chauve-souris regarde un feu d'artifice.

— Mon cher Dalègre, s'écriait le chef de bureau, les potiers de ta province ont égalé ce jour-là les admirables ouvriers de la Chine.

Dalègre ne répondait pas, tenant dans la main la brique émaillée et la trouvant lourde.

— Regarde donc la qualité de ce carreau! reprenait Gardilanne offusqué de l'indifférence de son ami. L'émail est profond et transparent à la fois, n'est-ce pas? Et quelle harmonie pour les yeux que ces oiseaux et ces fleurs en blanc empâté!

Il s'empara de la main de Dalègre et, la serrant avec une étreinte qui devait communiquer la conviction :

— Eh bien, mon cher ami, il existe dans le Nivernais de grands bassins décorés d'un semblable blanc sur bleu.

Un petit paysan qui a passé son enfance à chercher des nids, si on lui mettait en main un livre de géométrie, ne serait pas plus décontenancé que Dalègre en entendant parler de *couverte*, d'*émail craquelé*, de *manganèse*, d'*influence japonaise*, de *style nivernais*, de *blanc sur bleu*, de *sopra bianco*. C'était pour lui une langue tout à fait nouvelle, et, malgré ses efforts pour saisir le sens de cette technologie, il n'arriva qu'à gagner un violent mal de tête, car il s'était seulement appliqué jusquelà aux jouissances de la vie et avait éloigné prudemment toute étude, toute observation, toute réflexion.

Gardilanne jugea que son ami n'était pas apte à mordre tout d'un coup aux fruits de la céramique.

— Il n'est pas nécessaire que tu saches tous ces détails, lui dit-il ; j'ai tort de t'en embarbouiller l'esprit. Seulement regarde avec attention les pièces que je fais passer devant tes yeux, et tâche de ne pas oublier leurs formes.

Alors il apporta une à une diverses faïences, en appuyant sur leur dimension.

— Une poterie véritablement belle, disait-il, est d'un caractère indéniable, même pour les ignorants, quand elle affecte une certaine taille. Tu recueilleras les petites pièces ; mais attache-toi particulièrement aux grands plats : il s'en trouve certainement dans le nombre que les caprices du feu n'auront pas déshonorés par des fentes, des gondolements et ce que j'appelle du *gauche*.

Dalègre comprit à peu près cette nouvelle leçon, promit de battre les campagnes du Nivernais pendant les chasses de l'automne, et quitta bientôt Gardilanne, laissant le collectionneur heureux d'avoir posé une sentinelle attentive au centre d'un des plus importants ateliers de céramique.

III

III

Un mois après, en effet, Gardilanne reçut une caisse qu'il décloua avec un battement de cœur. Dalègre s'était souvenu de lui et lui envoyait diverses faïences, dont deux pièces étaient surtout remarquables par leur intacte conservation.

Le soir même, Dalègre fut payé par un brevet de connaisseur que lui délivra avec enthousiasme Gardilanne ; sans perdre une seconde, il répondit par une lettre pleine d'effusion, où éclataient à chaque ligne des traces non équivoques d'admiration.

Comme Dalègre avait manié ces objets, et que le chef de bureau était certain que leur forme resterait gravée dans l'esprit de son ami, Gar-

dilanne jugea à propos de joindre à ses remercîments quelques mots d'explication sur ces
faïences, leur date approximative, les marques
peintes derrière et certains détails précis qui
devaient s'accrocher à la pensée de Dalègre.

« Sans doute, écrivait Gardilanne, on naît
amateur, mais on devient collectionneur. L'aiguière que tu m'as envoyée rendrait jaloux un
amateur, et le paroissien de faïence qui y est
joint est une pièce unique. Il me donnerait des
envies d'aller à la messe si j'en avais le temps.
C'est un chauffoir de dévotes : elles se rendaient
jadis aux offices, tenant sous le bras ce gros
livre plein d'eau bouillante. Une mode qui date
du seizième siècle, avec la différence qu'à cette
époque les moines, à ce que prétend Rabelais,
l'employaient comme chauffoir d'estomac, c'est-
à-dire en qualité de gourde. Je ne mettrai, mon
cher ami, dans ce paroissien ni bon vin ni eau
bouillante. La seule vue de l'émail réchauffe
mon vieux sang. Ah ! Dalègre ! le beau cadeau
que tu m'as fait là !

«Je l'ai placé à côté d'une petite châsse byzan-
tine comme digne de faire pendant à un merveilleux objet de piété. Pendant que je suis sur
ce sujet, tu ferais bien de visiter les sacristies des

des églises de village ; les curés de campagne
n'entendent rien à l'archéologie, heureusement.
Regarde bien dans l'ombre ; que mon œil,
s'il se peut, passe dans tes yeux. De vieilles sta-
tues, d'anciennes tapisseries, des bois sculptés
sont jetés là au *rancart*. Je ferai volontiers cadeau d'une station de croix à la fabrique qui
consentirait à échanger ces objets délabrés contre douze tableaux en chromolithographie de
la maison de la veuve Jean. N'oublie pas ce détail, douze beaux tableaux en couleur, encadrés
et dorés tout neufs ! Ce don te sera certainement
utile à l'occasion auprès des prêtres : on a toujours besoin du clergé, mon cher ami.

« Si, par hasard, il n'y avait rien à faire dans
les églises, mais je suis certain du contraire,
fais un tour dans les hôpitaux. Là, mon cher
Dalègre, c'est une moisson à recueillir. La dro-
guerie, les Italiens la considéraient sans doute
comme le roi des arts, à s'en rapporter aux
somptueuses enveloppes que leurs peintres pei-
gnaient pour les pharmacies. On m'a dit que
des sœurs supérieures d'hôpitaux avaient leur
portrait sur des bocaux de thériaque. Je n'ai pas
été jusqu'ici à même de constater le fait, et pourtant j'en suis sûr. Les potiers français ont suivi

la mode italienne. Les ateliers de Lunéville,
d'Haguenau et de Niderviller ont décoré des
laboratoires tout entiers, et je ne manque jamais, chaque semaine, d'aller faire ma pro-
vision de magnésie dans une petite pharmacie de la rue du Pas-de-la-Mule, qui a conservé
toute sa série de poteries décorées de charmants
nœuds roses Louis XVI, s'enroulant autour
du cou d'aimables serpents symboliques.... Eh
bien, le croirais-tu, l'égoïste qui tient cette
boutique m'a refusé à moi, fidèle client de la
maison, un de ces pots dont je ne demandais
qu'un échantillon.... Il est des gens assez durs
pour ne pas compatir aux désirs des connaisseurs !

« Les sœurs de charité sont meilleures.
Échappant par leur profession aux vanités de
ce monde, elles ignorent les tortures des damnés
qu'on appelle des collectionneurs ; en auraient-
elles connaissance, qu'elles s'empresseraient de
les adoucir. Il est mieux toutefois de pénétrer par
hasard dans leurs laboratoires; tu peux t'être
blessé à la chasse, avoir attrapé un tour de
reins, t'être foulé le pied. Une écorchure t'ouvre
les portes de l'hôpital. Je ne veux cependant pas
que ton sang coule exprès pour moi ; mais une

douleur de reins, une entorse se commandent au besoin. Tu sonnes à la porte en te traînant; on te conduit à la pharmacie. Les sœurs de charité ont toutes des remèdes contre ces misères.... Te voilà donc au cœur de la place... Il n'y a pas de faïence, ta foulure disparaît à l'instant... Le dressoir est-il chargé de bocaux décorés, ton entorse redouble. Tu t'installes à la pharmacie; on te soigne, et avec le remède tu emportes le bocal qui le contient...

« Avoue, mon cher Dalègre, que je te taille ainsi le plan d'une entreprise pleine d'intérêt... Ah! si mon bureau ne me retenait à Paris, je voudrais me faire dorloter dans tous les hôpitaux du Nivernais, certain d'emporter une charretée de curieuses faïences.

« Je me laisse aller, mon cher ami, mais tu me comprends. J'en ai pour preuve la svelte aiguière qui se profile sur mon mur et l'inappréciable paroissien de faïence d'un émail pur comme le cristal. A bientôt, merci. Merci, à bientôt.

« Ton reconnaissant,

« GARDILANNE. »

Un an se passa de la sorte pendant lequel Dalègre, qui avait pris goût à cette chasse nouvelle, fit quatre expéditions successives à Gardilanne, qui ne manqua pas de lui témoigner
sa reconnaissance, et paya son ami en science
céramique.

Un fait singulier dans l'existence d'un chasseur, fut que Dalègre, malgré l'ardeur qu'il
mettait jadis à poursuivre les chevreuils et les
sangliers, n'oubliait pas Gardilanne, et fouillait
chaque village avec l'activité d'un soudard à qui
le pillage est permis.

Ce fut une occupation nouvelle pour Dalègre, qui y trouva un certain intérêt; naturellement obligeant, il était heureux des petits
bonheurs du chef de bureau et montrait ses
lettres dans la ville, y mettant, sans s'en douter,
un grain d'amour-propre ; car Gardilanne, le
maître en céramique, le traitait en élève dévoué, l'accablait de compliments sur ses heu-
reuses découvertes, et le sacrait connaisseur
émérite.

Il en est des passions innocentes comme des
frêles plantes qui s'accrochent à un chêne, entourent le tronc, se développent, grimpent aux
branches, y attirent de nombreux animalcules,

et finissent par vaincre le géant superbe, roi
de la forêt.

Dalègre ne remarqua pas tout d'abord que
la poursuite des cerfs et du menu gibier l'en-
thousiasmait moins que jadis, et que petit à
petit ses yeux s'habituaient à réfléchir intérieu-
rement une céramique brillante, aux couleurs
réjouissantes.

Maintenant il trouvait un intérêt suprême à
jeter un coup d'œil dans chaque chaumière, du
côté du dressoir, pour s'assurer que quelque pièce
importante, provenant peut-être du pillage d'un
château pendant la Révolution, n'était pas accrochée au-dessus de la cheminée : ainsi il avait
envoyé à Gardilanne, sans y prêter attention,
un pot sur lequel étaient gravées des armoiries
qui firent écrire au collectionneur deux pages
enthousiastes, et, depuis, Dalègre était à la
poursuite de la vaisselle blasonnée, d'autant
plus vivement que ces sortes de marchés avec
les paysans exigent une diplomatie dans laquelle l'habitant des villes est rarement le plus
fin.

Petit à petit, Dalègre fut atteint de la maladie parisienne du bric-à-brac. Gardilanne avait
jeté une graine de sa propre passion dans l'es-

prit de son ami, où s'agitaient d'autres passions :
la graine avait germé, commençait à poindre,
et devait donner de larges feuilles qui étouffe-
raient les passions voisines.

IV

3

IV

Il y avait alors à Nevers deux frères qui recueillaient de côté et d'autre les vieilleries qui leur tombaient sous la main ; non pas précisément au point de vue de l'art (ils ne connaissaient pas le mot). Ils avaient la manie de l'entassement. Admis à fureter dans les maisons de leurs connaissances, ils en sortaient rarement sans emporter quelque objet ancien et délabré.

Les messieurs Minoret tenaient de la pie pour la passion qu'ils avaient de remplir leur grenier de toute chose hors de service : paravents crevés, boiseries vermoulues, vieilles mouchettes, livres dépareillés, portraits de famille rongés par les rats et autres objets de même valeur. Poussés par un âpre instinct, ils

étaient gens à ramasser des coquilles de noix,
s'ils s'étaient doutés que le bois offrait aux êtres
patients une surface pour la sculpture. Malgré
la casse, l'égueulement et la moisissure, la qua-
lification d'*ancien* pour les Minoret commandait
le respect, la conservation.

Une certaine partie de leurs trouvailles consistait naturellement en tessons de faïences ni-
vernaises. Dalègre alla les visiter et montra de
telles connaissances en céramique, qu'il étonna
les deux frères qui n'avaient jamais vu en lui
qu'un homme de table.

Dalègre ne cacha pas l'origine de sa science
et en rapporta tout l'honneur à Gardilanne qui,
à mesure qu'il lui expédiait quelques pièces, lui
en donnait l'origine, la fabrique, et lui faisait
remarquer divers détails auxquels un ignorant
ne s'attache pas. Les Minoret firent la grimace,
troublés par cette science.

— Est-ce que je me tromperais? demanda
Dalègre qui ne demandait pas mieux que de reconnaître ses erreurs.

— Non, mais...

— Quoi?

— Combien vendez-vous ces faïences à Gardilanne?

— Vendre ! s'écria Dalègre surpris ; je lui en
fais cadeau. N'est-il pas mon ami ?

— Oui, mais...

— Je crois faire plaisir à Gardilanne.

— Certainement, vous lui faites plaisir, re-
prirent les Minoret ; il n'y a pas à en douter.
Mais défiez-vous des Parisiens : ce sont des gens
d'une ingratitude !...

— On voit, dit Dalègre, que vous n'avez pas
lu les lettres de Gardilanne.

— Votre ami le collectionneur vous paye en
compliments, et il se rit de vous en arrière,
monsieur Dalègre ; car on n'a jamais vu ruiner
sa province pour faire plaisir à un Parisien.

— Ruiner sa province ! s'écria Dalègre.

— Alors vous ignorez ce qui se dit dans la
ville, et il est bon de vous en avertir, monsieur
Dalègre. M. Boscus, le président du tribunal,
qui, lui aussi, recherche les belles pièces de
faïence, vous traitait de *ravageur* l'autre soir, à
la soirée du préfet.

— Ravageur ! répliqua Dalègre.

— Le mot est dur, mais juste, et comme
tous les mots de M. le président Boscus portent,
seriez-vous content, dans une ville trop facile à
accepter des surnoms dérisoires, de rester dé-

signé à jamais sous le titre de Dalègre-le-Ravageur ?

— Quelle plaisanterie ! dit Dalègre inquiet, car il était voisin d'une vieille demoiselle nommée *Hermine*, mauvaise langue d'ailleurs, qui, s'étant permis un propos léger sur le président Boscus, avait été marquée dès lors du sobriquet de *Vermine*. Aucune amabilité de la part de la vieille demoiselle ne put lui enlever ce surnom. Hermine elle était née, Vermine elle mourrait.

Les Minoret, voyant que Dalègre se grattait l'oreille à l'endroit où une puce invisible le piquait, continuèrent :

— M. Boscus disait encore : « Si M. Dalègre collectionnait pour lui, il serait dans son droit ; mais dépouiller sa ville natale de ses richesses pour les envoyer à un Parisien qui les revendra, n'est pas le fait d'un bon concitoyen. »

— Gardilanne, revendre ses faïences ! Jamais !

— Les Parisiens n'ont pas l'amour de la conservation. M. le président Boscus faisait remarquer, à ce propos, qu'ils changent de roi comme de chemises. Les gens qui ne témoignent pas d'attachement à leurs souverains ne sont guère plus empressés de conserver des faïences.

Cette conversation avec les Minoret porta coup

et laissa Dalègre fort indécis de la conduite à suivre dès lors avec Gardilanne, à qui il avait annoncé de futurs envois plus importants encore que les précédents. Dalègre, maintenant, connaissant les *bons coins*, avait déniché de nouvelles faïences et se préparait à les obtenir par toutes sortes de diplomaties; mais comme il craignait l'opinion publique qui l'avait traité, jusque-là, en enfant gâté, il alla rendre visite au président Boscus.

Le magistrat ne parla au collectionneur ni de faïences ni de Gardilanne, et Dalègre, en homme bien appris, attendit une accusation en forme pour se défendre.

Il cherchait, du coin de l'œil, les fameuses faïences dont s'entourait le magistrat, espérant en quelques mots manifester son repentir; mais la collection du président Boscus n'était pas étalée sur les murs.

Au moment de sortir :

— Vous ne vous mariez pas, monsieur Dalègre? lui demanda le juge.

— Je n'y ai pas encore songé, monsieur le président.

— Vous faites, cependant, bien des ravages dans les cœurs de nos jolies femmes.

Dalègre frémit à ce mot de *ravage*. C'est une allusion, pensa-t-il.

— Je m'occupe actuellement de céramique, dit-il, espérant que l'hameçon ferait parler le juge.

— Oui, oui, dit le président Boscus d'un ton distrait.

— Et je vais faire disposer ma maison pour commencer une collection.

— Très-bien, monsieur Dalègre.

— J'ai vécu un peu inoccupé jusqu'ici, mais j'ai un but désormais.

— Je vous en félicite, Monsieur.

Dalègre trouva le président poli, mais froid.

— Il est trop bien élevé pour m'accabler de reproches, pensa-t-il ; au fond il me garde rancune.

L'idée d'être en butte aux hostilités d'un personnage si considérable tracassa Dalègre jusqu'à ce qu'il eût trouvé un palliatif. Dès lors il suivit assidûment les audiences de police correctionnelle, pour se faire remarquer du président Boscus.

Pendant que les avocats plaidaient, Dalègre faisait mine de sommeiller. Il apporta des nuances dans son jeu, sortant à demi de son assoupisse-

ment alors que le ministère public prononçait
son réquisitoire; mais c'était les yeux grands
ouverts, la physionomie attentive, le nez aux
aguets, que Dalègre recueillait comme d'un
vase les résumés que le verbeux président faisait
entendre.

Comédie pénible que l'exemple d'Hermine-
Vermine semblait rendre nécessaire. Elle était
toutefois fatigante pour un homme qui aimait
l'indépendance, le plein air et en qui la passion
de la chasse avait développé le goût des longues
marches dans la campagne.

Sous les fenêtres du tribunal donne une espla-
nade ombragée de beaux arbres. Dalègre y faisait de longues factions, espérant que le président Boscus viendrait s'y délasser des fatigues
de l'audience.

Avec adresse Dalègre, rencontrant le magistrat « par hasard », pousserait la conversation
sur le terrain de la disculpation. M. Boscus n'a-
vait pas rendu à Dalègre sa dernière visite.
Événement qui, dans les petites villes, équi-
vaut à une déclaration de guerre et donne
naissance à des *vendettas* acharnées.

L'esprit de Dalègre n'avait jamais autant
travaillé. L'homme se sentait devenir retors

comme un procureur; peut-être les causes qu'il entendait plaider depuis trois mois poussaient-elles Dalègre dans la voie ambiguë où le sens droit de toutes choses se perd. Toutefois, fatigué d'assister à de fastidieuses audiences de police correctionnelle, Dalègre jugea bon de se re-tremper au sein de la nature, et il partit, heureux de se débarrasser de la nauséabonde odeur de tribunal attachée à ses habits.

Le souvenir de Gardilanne qui se présenta tout à coup à son esprit lui porta bonheur. S'étant reposé un jour dans une auberge d'une longue course matinale, Dalègre aperçut, sur le manteau de la cheminée, une ancienne gourde de faïence d'une couleur réjouissante. Les bleus, les jaunes et les verts formaient un mariage de colorations gai comme le trio d'un ancien menuet.

Sur la panse de la gourde étaient représentées deux femmes du peuple qui se prenaient aux cheveux et se gourmaient sérieusement, comme pour le plaisir d'un chasseur en habit vert-pomme qui, accompagné de son chien jaune, regardait la scène.

La science épigraphique avait prêté son concours à l'ornementation de la gourde. — *Gare*

à la tignasse! — Tiens, voilà pour toi, morue!
était l'aimable conversation à laquelle se li-
vraient les deux commères sans écouter le *Paix
donc, mesdames!* que faisait entendre le paci-
fique chasseur coiffé d'une casquette bleue à
soufflets.

En d'autres circonstances Dalègre n'eût prêté
qu'une médiocre attention à cette peinture de
mœurs populaires. Mais, chose bizarre, l'image
de Gardilanne, qui s'était profilée dans son cerveau, se fondit graduellement et, à la place des
contours affaiblis du collectionneur parisien,
apparut le président Boscus.

La vue de la gourde, amenant dans la pensée
le souvenir du magistrat par un trait d'union
mystérieux, était un avertissement presque aussi
précis qu'une trace de pattes de chevreuil sur
la terre humide.

Dalègre suivit la piste.

Arbitre suprême dans les querelles féminines
qui aboutissaient à sa juridiction, le président
devait plus qu'un autre comprendre cette
gourde et reconnaître l'hommage délicat d'un
de ses concitoyens qui lui en ferait cadeau pour
joindre à sa collection de faïences.

Dès le même soir Dalègre fit porter au magistrat la gourde par sa servante sans y joindre un mot.

— Je verrai à la prochaine audience, se dit-il, l'effet qu'aura produit mon cadeau.

Le lendemain, le président Boscus monta sur son siége et rendit un arrêt que Dalègre trouva sévère. L'envoi de la gourde ne semblait pas avoir humanisé le magistrat.

Bien certainement le juge n'était pas sans remarquer Dalègre assis à l'une des places les plus visibles du prétoire ; aucun coup d'œil particulier ne témoigna que M. Boscus était reconnaissant du don symbolique fait à la justice dans la personne de son chef.

Dalègre inquiet ne savait comment rattacher un maillon à la chaîne rompue de ses relations avec M. Boscus.

Heureusement, à quelque temps de là, un de ses fermiers, en retard pour ses payements, le trouva dans un état d'irritation qui fait que les meilleurs naturels deviennent acerbes. Dalègre s'emporta. Le paysan traita son propriétaire avec si peu de respect que l'autre lui intenta une action judiciaire. Occasion toute naturelle de se trouver en rapports avec le président.

Dalègre alla lui rendre visite et s'excusa d'avoir envoyé un souvenir au magistrat appelé à devenir arbitre suprême dans sa cause.

— C'est vous, demanda le président, qui m'avez envoyé cette bouteille?... Dans quel but?

Dalègre dit qu'il avait voulu augmenter la collection d'un homme pour lequel il éprouvait une estime particulière.

— Mais je n'ai pas de collection ! s'écria M. Boscus.

Dalègre s'aperçut alors qu'il était victime des frères Minoret, qui lui tendaient des piéges pour l'empêcher de recueillir des objets curieux.

Mais il était difficile de s'opposer à cette passion envahissante. A cette heure, Dalègre, devenu collectionneur fanatique, entendait sans cesse une voix qui lui commandait de sacrifier Gardilanne. Le Parisien apparaissait dans une sorte de miroir magique grossissant les mauvais instincts des gens de la capitale.

D'un autre côté, Dalègre sentait des bouffées d'amour-propre l'envelopper. Ses connaissances tournant au profit d'un cabinet, attireraient les touristes et sans doute lui vaudraient l'hon-

neur d'être mentionné dans l'Annuaire du dé-
partement. Les hommes ont à leur service mille
raisons captieuses pour colorer leurs passions,
retirer leur parole donnée, rompre une liaison
et sacrifier leurs meilleurs amis.

V

Trois mois s'écoulèrent pendant lesquels Gardilanne, étonné de ne plus rien recevoir de Dalègre, écrivit lettres sur lettres pour réveiller le zèle de son ami. Le pays était-il tout à fait épuisé ?

Cette dernière raison frappa particulièrement Dalègre et le poussa à une de ces ruses communes entre collectionneurs.

Non-seulement la faïence n'était pas épuisée ; au contraire, elle semblait sortir de dessous terre. L'éveil étant donné sur tous les points par Dalègre, il n'était pas de jour où un paysan ne lui apportât quelque merveille qu'il payait généreusement, avec l'arrière-idée familière à certains amateurs de placer ainsi leur argent à de gros intérêts.

4

Dans le nombre se trouvaient des faïences sans importance, des poteries populaires d'un vil prix; Dalègre les tria, en fit deux lots et expédia le plus mauvais à Gardilanne.

Gardilanne décloua la caisse avec une impatience fébrile, prit d'infinies précautions en dépaquetant les objets et fit la grimace en voyant de semblables misères. A peine un grossier bouilli à ce gourmet qui se faisait fête de déguster de délicats morceaux! Cependant il fallait payer de mine et ne pas faire le dégoûté.

Tout en remerciant son ami d'avoir pensé à lui, Gardilanne ne pouvait s'empêcher de lui marquer quelque désillusion; toutefois il espérait encore que le hasard ferait découvrir dans l'avenir quelque objet curieux, et il priait Dalègre de ne pas l'oublier au cas échéant.

« M. du Sommerard me signale, ajoutait Gardilanne, l'existence d'un violon de faïence qu'un vieillard a vu jadis dans le Nivernais. Ce serait une pièce unique en céramique. Aurais-tu entendu parler de la singularité? Inquiète-t'en, je t'en prie, par amour de l'art. J'avoue que la révélation d'un violon de faïence m'a empêché de dormir; j'entendais Paganini en tirer des sons aussi clairs que l'é-

mail lui-même. Parle partout, cher ami, du
violon de faïence ; vois les gens âgés du pays ;
réveille leur mémoire. Si ce violon merveilleux existe, tu dois le trouver, tu le trou-
veras. »

— Je te jouerai un air de violon de faïence,
s'écria Dalègre qui devenait plus perfide qu'Iago.

Et il répondit aussitôt une lettre hypocrite
dans laquelle il déplorait le peu de valeur des
faïences de la dernière expédition ; il voulait
seulement faire preuve de bonne volonté. Quant
au violon de faïence, Dalègre n'en avait jamais entendu parler ; seulement il existait, di-
sait-on dans la ville, chez un amateur, des
assiettes de la fin du dix-septième siècle, où,
sous des *brunettes* à Philis, était gravée une
sorte de plain-chant. Malheureusement cet
amateur, d'une humeur de dogue, ne laissait
pénétrer personne chez lui.

Dalègre parlait savamment de ces assiettes,
car il en avait acquis récemment deux, dont
l'une était consacrée à une chanson à boire et
l'autre à une pastorale avec musique de Mondonville.

Tout en les regardant, le Nivernais riait sour-
noisement du bon tour qu'il venait de jouer à

Gardilanne ; l'élève était d'autant plus fier qu'il avait trompé le maître. Ainsi, il arrive souvent que des apôtres orgueilleux se révoltent contre le dieu dont ils semaient jadis la parole.

A cette heure, Dalègre se frottait les mains en se promenant dans son cabinet qui s'enrichissait tous les jours de faïences rares et curieuses, et il se regardait comme un être naïf d'en avoir tant expédié à Paris ; mais toute science se paye par des sacrifices.

C'était poussé par Gardilanne qu'il avait fait son éducation, et Dalègre n'eût pas compris le charme des céramiques s'il ne les eût pourchassées, marchandées et maniées. Cependant il s'inquiétait actuellement du violon de faïence dont Gardilanne lui avait communiqué l'idée fixe, et il se passait rarement un jour sans qu'il demandât aux gens de Nevers et des environs s'ils avaient jamais eu connaissance d'un si rare instrument.

Quelques-uns regardaient Dalègre comme un mauvais plaisant ; d'autres le plaignaient de se repaître de telles chimères. Mais comme il se jetait dans la manie de la collection avec l'ardeur d'un homme de trente-cinq ans qui se cramponne à une réalité, après avoir usé de plaisirs factices, Dalègre, sans se soucier des déconvenues, poursuivait ses perquisitions, continuait ses demandes invariables, et ne s'inquiétait guère de l'opinion qu'on professait sur son compte.

Il finit par rencontrer un des plus anciens *patouilloux* du pays, c'est-à-dire un homme qui avait longtemps exercé la profession d'ouvrier faïencier.

— Quoique je n'aie point connaissance d'un violon de faïence, dit le vieux potier, il ne serait pas impossible qu'il eût existé. Ce doit être une pièce de maîtrise que les ouvriers habiles fabriquaient pour prouver leur savoir.

— Ah ! dit Dalègre mordant à l'hameçon.

— Mais vous aurez de la peine à trouver une pièce qui doit être unique.

Dalègre fut satisfait de ce renseignement ; enfin il avait trouvé un être qui ne mettait pas absolument en doute l'existence du violon de faïence.

Pour s'en décharger l'esprit, il fit connaître à Gardilanne le résultat de sa conversation avec le vieil ouvrier ; et, continuant son système machiavélique, il envoya au chef de bureau un second tas de poteries médiocres, fêlées, raccom-

modées, des tessons pour tout dire, certain
que cette vile *terraille* empêcherait désormais
son ami de le poursuivre de ses indiscrètes demandes.

VI

VI

Quoiqu'il ne fût pas méchant, Dalègre riait dans sa barbe de la déconvenue de Gardilanne en ouvrant la caisse, car la manie de la collection rend égoïste, et l'heureux naturel de Dalègre se teintait peu à peu de ce vice.

Huit jours après, Dalègre en avait du regret, ne recevant pas de réponse de Gardilanne, si assujetti aux lois de la politesse. Gardilanne avait-il compris la ruse d'un rival ? N'en était-il pas blessé ?

Ces mauvais tessons, cousus les uns aux autres par de grossières attaches de fil de fer, avaient peut-être fait perdre à Dalègre une de ces anciennes affections que, malgré tout, il en coûte de briser. Dalègre était préoccupé de la conduite à tenir vis-à-vis de Gardilanne, qui toujours ne répondait pas ; et, quoi que fît le Nivernais pour oublier cette rupture, un remords pesait sur sa conscience. Il n'en continuait pas moins ses recherches, et courait la campagne des environs, méritant désormais le surnom de Dalègre-aux-Faïences, que les gens de la ville lui avaient appliqué plus encore pour le distinguer des autres Dalègre du pays que pour le dénigrer.

Un soir qu'il revenait d'une de ses chasses à la faïence, le carnier chargé de poteries, la vieille Marguerite, sa servante, lui dit :

— Ah! Monsieur, j'oubliais de vous remettre une lettre arrivée ce matin.

— Tout à l'heure, répondit Dalègre fort occupé à ranger sur une étagère les objets qu'il rapportait, et dont il voulait se donner le spectacle pendant son souper.

— Très-bien ! s'écria-t-il après avoir accroché ses vases à la muraille, très-bien !

Et, se reculant pour jouir de l'effet produit par les faïences :

— Marguerite, comment trouves-tu ces admirables pièces ?

— Monsieur, je ne m'y connais pas.

— Tu es jalouse, Marguerite, tu voudrais avoir de pareilles assiettes dans ta cuisine.

La vieille haussait les épaules en souriant.

— ·Peut-on dépenser son argent à de pareilles frivolités !

— Sotte !

— Monsieur sait bien que je n'ai pas d'éducation.

Dalègre se promenait de long en large dans la chambre pendant que la domestique disposait le souper sur la table.

— Appeler frivolité un art princier !

— J'ai déjà dit à monsieur que les gens de chez nous aimaient mieux la porcelaine.

— Tes paysans sont des ignorants ; mais ils ne m'en font pas moins payer leurs faïences très-cher.

Pendant que Dalègre mangeait avec un vif appétit, aiguisé autant par les courses dans la campagne que par la joie de ses trouvailles :

— Et la lettre, Monsieur ?

— Je l'oubliais, répond Dalègre : donne-la-moi. Enfin, s'écria-t-il, Gardilanne veut bien me répondre... Il me fait des reproches, j'en suis certain.

Dalègre tournait la lettre dans ses mains

sans l'ouvrir, regardant l'écriture de l'adresse comme si les caractères devaient lui révéler les phrases intérieures.

— Voilà, dit-il, des récriminations qui vont gâter mon souper. Certainement, Gardilanne m'accable de son mépris.

— Eh bien, Monsieur, vous ne lisez pas la lettre de M. Gardilanne ? dit la vieille servante, qui se mêlait aux affaires de son maître pour l'avoir servi depuis son enfance.

— Tout à l'heure, Marguerite ; j'ai peur...

— Est-ce qu'il serait arrivé malheur à ce bon M. Gardilanne ?

Tout en dévorant une tranche de pâté de lièvre :

— Pourquoi ne sais-tu pas lire, Marguerite ? disait Dalègre.

— C'est la faute à mes parents, monsieur ; j'en ai honte tous les jours.

— Tu aurais lu d'abord la lettre.

— Moi ! s'écria Marguerite touchée de cette preuve de confiance.

— Et s'il y avait quelque parole qui dût me peiner, tu me l'annoncerais avec précaution.

— Monsieur est impatientant ; à sa place, je n'en ferais ni une ni deux, je voudrais sa-

voir tout de suite s'il y a du bon ou du mauvais.
Tenez, Monsieur, lisez vite, dit Marguerite,
qui, outrepassant ses pouvoirs, avait déchiré
l'enveloppe et présentait la lettre à son maître.

La fourchette d'une main, la lettre de l'autre,
Dalègre engouffrait un énorme morceau de
pâté, pendant que ses yeux indécis suivaient
les caractères de l'écriture.

— Ah ! s'écrie tout à coup Dalègre, poussant
un grand cri et laissant tomber sa fourchette.

— Qu'y a-t-il, Monsieur ?

Dalègre se lève de table.

— Marguerite, je suis perdu !

Il court au dressoir, enlève les faïences précipitamment.

— Marguerite, vite, cache ceci.

Il arrache en même temps les clous qui
servaient à accrocher les faïences.

— Que faire ? s'écrie Dalègre, que faire ?

Il prend un flambeau et grimpe l'escalier en
disant :

— La chambre bleue en est pleine.

La vieille servante le suit tout ébahie.

— Pleine de quoi, Monsieur ?

Tous deux arrivent à l'appartement. Dalègre
pousse un profond soupir :

— Jamais je ne pourrai faire disparaître la trace de ces faïences. Marguerite, quelle heure est-il ?

— Dix heures viennent de sonner au coucou de la cuisine, Monsieur.

— C'est impossible, il n'y faut pas songer, s'écrie Dalègre hors de lui, courant de la chambre bleue au salon, du salon à son cabinet, jetant partout des regards effarés.

— Mais, Monsieur !... demandait la vieille sans pouvoir obtenir d'explications.

Tout à coup Dalègre s'arrête.

— Marguerite, Gardilanne vient à Nevers.

— Et voilà ce qui met monsieur à l'envers ? Ah ! que je suis contente de voir l'ami de monsieur !

— Je suis perdu, Marguerite !

— On dirait que monsieur a commis un crime.

— Pourquoi ne m'as-tu pas remis la lettre ce matin ? demande Dalègre.

— Monsieur était parti à la chasse aux tessons.

— Ah ! ces faïences ! ces faïences ! s'écrie Dalègre... Il ne faut pas que Gardilanne les soupçonne ici ; jamais il ne me pardonnerait.

— Pourquoi monsieur veut-il les cacher à son ami ? demande Marguerite.

— Je n'ai pas d'explication à te donner, reprend Dalègre inquiet. Avant une demi-heure, Gardilanne sera ici... Il faut que tout soit déménagé.

— Tous les pots ? Il y a de quoi en emplir deux charrettes.

— Qu'il n'en reste pas trace quand Gardilanne arrivera.

— Mais, Monsieur, la diligence sera sur la place dans vingt minutes.

— Dépêche-toi.

— Seigneur ! si je sais par où commencer ! soupire Marguerite.

— Déménage la chambre bleue, où couchera Gardilanne; vite, nous n'avons pas une seconde à perdre.

— Et où logera-t-on les faïences ?

— Où tu voudras.

Cependant Dalègre reprenait son sang-froid, mettait en ordre la chambre bleue et ordonnait à sa servante de déposer les faïences dans le salon, où, sous aucun prétexte, Gardilanne ne devait entrer le soir de son arrivée, non plus que dans les autres pièces contenant des objets de curiosité accrochés aux murs.

La nuit, pendant que Gardilanne, fatigué de la route, prendrait du repos, Dalègre aiderait Marguerite à ranger toutes ces faïences dans le cellier, et il lui faisait jurer, sous peine d'être chassée immédiatement, de ne pas révéler le mystère à Gardilanne.

— Bien sûr, Monsieur, j'en ferai une maladie, s'écria la vieille servante, qui, réellement, depuis l'invasion de la céramique, succombait sous la besogne.

VII

VII

A l'heure précise, la sonnette se fit entendre, et Gardilanne sautait au cou de Dalègre, qui se laissait embrasser en détournant la tête, ayant la pudeur de ne pas rendre un baiser de Judas.

— Tu es étonné de me voir, n'est-ce pas, cher ami?

— J'ai reçu ta lettre seulement tout à l'heure. As-tu besoin de souper?

— Je mangerai volontiers un morceau.

Pendant le repas, Gardilanne disait :

— J'ai obtenu enfin l'assurance d'un congé de trois mois chaque année, grâce à ma collection que mon ministre est venu visiter... Et, avec mon congé, il m'a donné la mission de

visiter les différents pays qui ont été le siége
d'industries artistiques. Je débute par Nevers,
voulant te remercier d'abord, mon cher ami,
des richesses que tu as ajoutées à ma collection.

— Le dernier envoi était bien mesquin, dit
en balbutiant Dalègre, qui voulait se justifier.

— Très-important, au contraire, et c'est ce
qui m'a poussé à venir ; tu m'as envoyé un bijou
sans le savoir.

— Un bijou ! dit Dalègre inquiet.

— Un fragment merveilleux, daté de Nevers
et signé d'un Italien, le chef sans doute des ouvriers attirés ici par le duc de Nevers.

— Ah ! reprenait Dalègre soucieux.

— C'est une admirable découverte. Donne-
moi ta main que je la serre encore.

Dalègre osait à peine confier sa main moite.

— Ce fragment, dont tu ne pouvais deviner
l'importance, a fait sensation à Paris parmi les
amateurs... C'est évidemment la plus belle pièce
de ma collection... Le reste de l'envoi était
faible ; mais un tel morceau te classe désormais
parmi les gens de tact.

— Au diable le tact ! pensait Dalègre.

— Mais je ne suis pas un ingrat, et quand tu

viendras à Paris, tu verras, au-dessous de ce ra-
vissant spécimen, une petite pancarte sur laquelle est écrit : *Donné par mon excellent ami
Dalègre, de Nevers.*

— Comme j'ai prudemment agi, se disait Dalègre, de mettre mes faïences à l'abri des regards de cet accapareur !

Le souper terminé :

— Demain, dit Gardilanne, nous ferons une
battue dans la ville.

Dalègre frissonna.

— Il n'y a rien à trouver à Nevers, dit-il.

— Et les marchands?

— A l'exception du chapelier Bara, qui
joint à son fonds de chapellerie des *panas*
sans intérêt, nous n'avons pas de commerce
régulier de curiosités.

— Et les amateurs ?

— Nous manquons de collectionneurs ici.

— Je croyais que tu m'avais parlé, dans une
de tes dernières lettres, d'un certain possesseur
d'assiettes à musique.

— Oui... j'oubliais... Cet amateur est mort,
dit Dalègre entrant dans la voie du mensonge.

— Bon ! s'écria Gardilanne. Sa collection
sera vendue.

— Je ne le pense pas... La collection est échue naturellement aux héritiers.

— Ils s'en déferont volontiers... Quels sont ces héritiers?

Dalègre eût cherché un alibi pour détourner une accusation de meurtre suspendue sur sa tête, qu'il n'eût pas été en proie à une plus vive anxiété.

— Je ne connais pas les héritiers, dit-il; je sais seulement qu'ils ont tout emporté.

— On peut savoir leur adresse? Ils ont chargé de leurs intérêts un notaire.

— Sans doute; mais, n'étant pas du pays, ils sont partis aussitôt la succession réglée... Ils habitent, m'a-t-on dit, un petit village dans les montagnes des Pyrénées.

— Et tu as laissé partir, chargés de faïences précieuses, des montagnards ignorants !... Quelle faute si tu étais collectionneur !

Dalègre respira. Il n'inspirait aucun doute à son ami.

— Demain, reprit Gardilanne, tu pourras sans doute disposer de quelques instants pour me conduire au Musée?

— Peuh! un bien chétif musée.

— On m'avait dit à Paris qu'il était curieux.

— Vous êtes des enthousiastes, à Paris ; mais tu dois être fatigué ?

— Je causerais faïence toute la nuit.

— Je vais te conduire à ta chambre, dit Dalègre en se levant pour donner à son ami le signal de la retraite.

Arrivé à la chambre bleue :

— Bonsoir, cher ami, dit Dalègre, dors bien.

— Je suis donc à Nevers ! s'écrie Gardilanne en se laissant tomber dans un fauteuil.

— Bonne nuit.

— Assieds-toi un moment... Voit-on le palais ducal d'ici ? demande Gardilanne.

— Non, ma maison est à l'opposé.

— Tant pis. J'aurais voulu qu'en ouvrant la fenêtre le matin, ma première pensée fût dirigée vers la demeure des Gonzague, qui dotèrent la France de l'admirable industrie de la faïence... Ta servante a l'air bonne personne...

Dalègre s'efforçait de saisir quel enchaînement pouvait exister entre le duc de Nevers et la vieille Marguerite.

— Je n'ai pas à me plaindre de son service, dit Dalègre.

— Marguerite est du pays ? reprend Gardilanne.

— Elle est née à Ligny-le-Châtel.

— Ah ! mon ami, quelle bonne fortune m'a décidé à venir ! Rencontrer aussitôt à mon arrivée quelqu'un né à Ligny-le-Châtel... L'endroit est pointé sur ma carte... Je veux te montrer la carte.

Quoique Dalègre assurât qu'il était très-tard, Gardilanne débouclait sa malle et en tirait une carte de géographie qu'il étalait sur la table.

— Tous ces points rouges indiquent le siége d'industries céramiques... Voilà Ligny-le-Châtel. En 1780 une fabrique de faïences y était établie. On doit certainement trouver des pièces curieuses dans les maisons du pays... Si tu faisais monter Marguerite !

— Marguerite est couchée.

— Vous ne pensez donc dans ce pays qu'à dormir ! disait Gardilanne en se levant de son fauteuil.

Et comme il arpentait la chambre :

— Demain, ajouta-t-il, envoie-moi Marguerite à la première heure... J'ai à lui parler...

— Elle est incapable de te répondre, dit Dalègre frissonnant d'inquiétude. Tu n'as pas remarqué que Marguerite est sourde ?

— Sourde! Sa physionomie n'annonce pas une pareille infirmité...

— Je n'aurais pas gardé Marguerite, si je n'étais guidé par un sentiment d'humanité... De plus, ajoute Dalègre, cette vieille est bornée et ne comprend rien à la céramique... Si tu voyais le mépris avec lequel elle regarde les faïences que je rapporte... Ah!

Dalègre pousse un cri de rage. Il a dévoilé son secret. Gardilanne étonné le regarde...

— J'entends les faïences que je rapporte pour toi, dit Dalègre avec une bouche tordue par le mensonge.

— Ceci ne m'empêchera pas de revenir par Ligny-le-Châtel.

— Mon cher ami, décidément, bonsoir, dit Dalègre en ouvrant la porte.

Il reste un instant sur le palier, écoute les allées et venues de Gardilanne dans la chambre, et ne se retire que quand le filet de lumière a cessé de passer sous la porte du fâcheux.

Cependant le danger devenait imminent. Il fallait prendre un parti.

— Demain matin, dit Dalègre à sa servante, Gardilanne t'appellera.

— Qu'est-ce que l'ami de monsieur prend le matin ?

— Il prendra l'air.

— Comment, pas seulement une tasse de café au lait?

— Je m'occuperai de ce détail... J'entends que tu ne repondes pas à Gardilanne quand il t'appellera...

La vieille servante écoutait avec des marques d'ahurissement.

— Si Gardilanne te fait des signes, tu le serviras. S'il te parle, tu n'entendras pas.

— Mieux vaudrait être sourde, Monsieur.

— Tu l'es, tu es sourde !

Marguerite regardait son maître avec la stupeur d'un malheureux en face d'un sorcier qui le crible de sorts. Instinctivement elle portait la main à ses oreilles.

— Tu aimes à parler, je le sais... Eh bien, le soir, nous causerons tant qu'il te plaira... Je te charge de la surveillance de Gardilanne... Fais attention à tous ses actes, à ses gestes, à ses mains, à ses poches... Mais ne parle pas, prends une mine indifférente... Qu'il ne se doute pas qu'il est observé.

Jamais tant de points d'interrogation n'étaient

entrés dans l'entendement de la vieille servante. Dalègre fut heureux de cette stupéfaction et se plut à l'augmenter.

— Un être, disait-il, qui en veut à mon repos, à mon bien ! Qui me paye son hospitalité en remplissant d'inquiétudes un intérieur où je vivais si tranquille avec ma brave Marguerite ! Un personnage qui entend dépouiller à son profit les Nivernais et les Bourguignons... Mais nous sommes bons, n'est-ce pas, Marguerite ?

La vieille servante commençait à prendre Gardilanne en exécration.

— Demain, mon enfant, dit Dalègre flattant Marguerite, réveille-toi avec la pensée que tu es absolument sourde, et que de là dépend la tranquillité de ton maître.

Alors Dalègre fit signe à sa servante de le suivre dans le salon, où étaient empilées les faïences enlevées précipitamment de la salle à manger. Chacun, un grand panier à la main, le remplissait des principales pièces qu'il s'agissait de déposer dans le cellier, à l'abri des yeux de Gardilanne.

— Surtout qu'il ne se doute de rien ! s'écriait Dalègre à voix basse.

Et, avec mille précautions, le maître et la

servante descendaient et remontaient l'escalier, comme des voleurs s'introduisant la nuit dans une maison.

Une tension de nerfs particulière s'était emparée de Dalègre qui, descendant prudemment sur la pointe des pieds, sentait ses muscles se révolter contre les agissements d'un maître qui jusqu'alors ne les avait pas rendus complices de pareilles ruses. Ils semblaient refuser leur concours habituel aux jambes devenues molles et cotonneuses.

Dalègre, la conscience aux abois, craignait que la Providence ne le châtiât en le faisant rouler du haut de l'escalier avec les grands plats qu'il avait eu tant de peine déjà à sauver de la casse en voyage; mais il ne pouvait étouffer ce cliquetis particulier de la faïence qui devait réveiller Gardilanne mieux qu'un coup de tonnerre, car les collectionneurs ont, comme les avares, le sommeil léger.

Alors Dalègre allait coller son oreille à la porte de la chambre bleue, écoutant si son ami dormait, honteux du spectacle qu'il donnait à la vieille Marguerite, qui jusque-là avait regardé son maître comme le plus loyal des hommes.

Le déménagement avait duré jusqu'à trois

heures du matin. Dalègre alla se jeter sur son lit, brisé par d'ardentes émotions qu'il ne soupçonnait pas jusque-là. L'amour de la propriété s'était éveillé en lui depuis l'arrivée de Gardilanne avec une force qui tenait de l'obsession.

Le provincial se sentait blessé dans son amour-propre, mordu par la jalousie : jaloux des richesses de Gardilanne, honteux de lui avoir envoyé, au milieu de tessons sans valeur, le précieux échantillon de faïence dont son ami faisait tant de cas, et que lui, Dalègre, n'avait pas compris.

Des questions sans nombre se pressaient dans son esprit. Quelle durée de séjour prétendait faire Gardilanne à Nevers ? Et dans quelle série de situations critiques il mettait Dalègre !

Chaque pas que ferait Gardilanne dans la ville pouvait lui apprendre la vérité, à savoir, que Dalègre possédait une importante collection. Il fallait donc suivre Gardilanne pas à pas, ne point le quitter plus que son ombre, détourner mille révélations indiscrètes pour lui cacher le mystère.

Plus Dalègre pensait à ces ruses, plus il craiguait que sa passion de faïences ne fût dévoilée, et si Gardilanne demandait à les voir, était-il possible de lui refuser quelques pièces curieuses ?

VIII

VIII

Cette nuit vieillit d'un an le Nivernais, tant les soucis et les inquiétudes s'accrochèrent à sa pensée. Si Dalègre avait parfois goûté quelque satisfaction au sein de sa collection, il connaissait maintenant le triste envers de ces joies solitaires, et, quand le lendemain matin il alla frapper à la porte de Gardilanne, craignant que son ami ne fût déjà sorti, ce fut avec un visage composé que Dalègre se présenta, se demandant si de subtils soupçons n'emplissaient pas la chambre bleue.

— Tu peux entrer, lui cria Gardilanne qui, enveloppé dans sa robe de chambre, prenait l'air à la fenêtre et regardait les vieilles maisons de la ville.

6

— Comment ! déjà levé !

— Je sens la faïence, dit Gardilanne d'un ton qui fit blêmir Dalègre.

Il eut l'idée de se jeter aux pieds de son ami et de lui avouer qu'il le trompait ; mais l'ogre Gardilanne avait ses moments plaisants qui lui permettaient de se railler lui-même, et le « *je sens la faïence* » n'était qu'un propos en l'air.

— Je regardais ce vieux quartier, continua Gardilanne, ces anciens hôtels, ces maisons à pignons, et j'enviais le diable boiteux qui soulevait les toits et pouvait voir ce que recèlent les greniers. Que de peintures, de tapisseries, de meubles anciens, de gaies faïences y sont entassés, dont on ignore la valeur, et qui feraient ma joie !

— Ne t'illusionne pas, cher ami, dit Dalègre ; les marchands de Paris ont passé par Nevers et ont tout butiné.

— Bah ! L'appât du gain conduit seul les chineurs, qui sans doute sont des gens futés ; mais le but du véritable collectionneur étant plus noble, la Providence le récompense de ne pas faire servir ses facultés à de vils commerces. Là où le roi des chineurs a passé, je réponds que je trouverai encore à glaner, non pas seulement

quelque objet sans importance, mais une merveilleuse pièce.

Dalègre secouait la tête d'un air de doute.

— Heureux homme! tu ne t'occupes pas de
curiosités, dit Gardilanne. Sais-tu ce que c'est
que l'idée fixe? Rêves-tu faïence? Te réveilles-
tu avec l'idée de faïence en tête? Te couches-tu
les yeux égayés par les rayonnements d'une
faïence invisible? As-tu jamais fatigué ceux qui
t'entourent, les inconnus que tu rencontres, en
leur parlant faïence?

Gardilanne s'animait, et la figure de Dalègre
reprenait un aspect plus tranquille. Les paroles
de son ami venaient de lui fournir une sorte
d'alibi.

— On m'appelle dans la ville, dit-il, Dalègre-aux-Faïences, et c'est toi qui m'as valu
ce sobriquet... J'ai tellement obéi à ton pro-
gramme, que chacun me croit moi-même un
collectionneur.

Gardilanne haussa les épaules, croyant à la
naïveté des provinciaux.

— Je demandais aux gens de la ville, comme
aux paysans, tant de renseignements, reprit Dalègre, qu'on s'est imaginé que les pièces que
j'achetais pour toi étaient enfouies dans ma

maison, et que, dans un coin, étaient entassées
toutes sortes de céramiques hors de prix.

— Mon pauvre ami, que de mal je t'ai
donné !

— Ne me remercie pas... J'ai fouillé la ville
et les faubourgs, il n'y a plus rien.

— Rien, tu crois ?

— Rien, rien, rien.

— C'est fâcheux, dit Gardilanne d'un ton de
voix indifférent. Ainsi, il ne faut pas songer à
se procurer le plus petit spécimen ?

— Quelque pièce médiocre, peut-être. Si tu
le désires, je te mènerai dans les villages des
alentours : nous ferons une battue.

Dalègre se dit qu'il conduirait Gardilanne
dans les endroits qu'il avait récemment mis à
sec, afin que cette déconvenue fatiguât son
ami.

— Quel jour se tient le marché à Nevers ?
demanda Gardilanne.

— Le mercredi et le samedi.

— Bon ! j'ai mon plan. Tu es chasseur, tu
as dû prendre des alouettes au miroir ?

— Quelquefois, dit Dalègre.

— Eh bien, en route, j'ai imaginé un miroir
pour prendre les faïences.

— Un miroir !

— Il ne s'agit que de se procurer quelques plats, quelques assiettes d'ancien Nevers ; je les étale en plein marché sur une table ; à côté le crieur public, tous les quarts d'heure, fait un roulement de tambour, amasse les paysans et annonce qu'ils peuvent apporter au prochain marché les anciennes faïences de leurs dressoirs, qu'on changera pour de bon argent.

— Oh ! s'écrie Dalègre épouvanté.

— Tu ne sembles pas approuver mon projet ?

— C'est une plaisanterie, n'est-ce pas ?

— Non, rien de plus sérieux.

— Mon cher Gardilanne, abandonne ce projet, je t'en prie.

— Pourquoi ?

— Tu me perdrais de réputation à jamais dans Nevers.

— Quelle folle crainte !

— A Paris, tu vis libre et indépendant, agissant à ta guise, sans que ton voisin s'inquiète de tes actions ; en province, cher Gardilanne, une pareille excentricité d'un homme qui est mon hôte retomberait sur ma tête... Toi parti, les mauvais plaisants me feraient longuement payer cette bizarrerie. Je supporterais mille sar-

casmes pendant un an ; dis-moi que tu ne le
feras pas, par amitié pour moi.

Gardilanne renonça à son projet, qui n'était
d'ailleurs qu'une boutade, et demanda à aller
au Musée.

— Plus tard, dit Dalègre; il est neuf heures
seulement. Le Musée n'ouvre qu'à midi.

— Comment ! un habitant de la ville aussi
connu que toi ne peut se faire donner les clefs ?

— Non, et même, j'y pense, nous ne pour-
rons y pénétrer avant jeudi prochain.

— Autant de temps à attendre ! s'écrie Gardilanne; mais je serai sans doute reparti dans
trois jours.

— Ah ! s'écria Dalègre, qui parla trop vite et
ne prit pas garde de masquer sa voix.

Les collectionneurs sont de fins observateurs.
Cet *ah !* échappé à Dalègre contenait une sorte
de ravissement qui fit que Gardilanne jeta un
regard de côté sur la figure de son hôte ; il vit
des traits tirés, une bouche inquiète, des yeux
qui n'osaient regarder en face et sur toute la
personne un embarras, un affaissement, une in-
certitude , communiqués par une conscience
perplexe.

Les yeux de Gardilanne tenaient de la vrille ;

la poursuite des objets d'art leur avait communiqué cette faculté. Aussi bien Dalègre
n'offrait pas un cas nouveau. Les collectionneurs se trompent volontiers entre eux. Au
début de sa vie de chercheur, Gardilanne
avait été plus d'une fois lancé sur de fausses
pistes par des amateurs, ses rivaux, qui, loin
de lui faire connaître les bons endroits, n'a-
vaient à cœur que de l'en éloigner.

Gardilanne marié se fût défié de sa femme.

Le *ah !* de Dalègre fut recueilli aussi pré-
cieusement qu'une parcelle d'arsenic trouvée
par un chimiste dans le cadavre d'un homme
dont la mort subite a éveillé les soupçons de
la justice. Mais comme cette première consta-
tation avait été rapide, muette et spontanée,
Dalègre ne se douta pas que son exclamation
était entrée dans une cornue pour y subir
diverses analyses.

A partir de ce moment, le Parisien, voulant
connaître les secrètes intentions du provincial,
joua une comédie serrée.

— Certainement, je ne m'attarderai pas à Nevers, si je ne trouve rien.

— J'aurais pourtant voulu te garder quelque
temps, dit Dalègre ; mais chasse toute espérance

relative à la faïence... Tu peux rester avec moi,
tu sais quel plaisir j'ai à te recevoir. Si le séjour de la ville ne te convient pas, nous irons à
quelques lieues d'ici, dans une propriété tenue
par un de mes fermiers, où tu respirerais un excellent air, toi qui as passé toute ta vie enfermé
dans un bureau.

— Je me trouve à merveille à Nevers, dit
Gardilanne, qui craignait d'être transporté à la
campagne où il ne pourrait continuer ses recherches.

Son séjour étant désormais fixé à la ville, ce
fut dès lors entre les deux collectionneurs un
combat sourd, dans lequel furent déployées de
nombreuses ruses.

Gardilanne cherchait à échapper à son ami,
qui s'était pour ainsi dire vissé à lui. Ils ne formaient qu'un corps avec deux volontés absolument contraires. Deux forçats traînant la
même chaîne et méditant des moyens différents
d'évasion n'eussent pas été plus hostiles. Et il
fallait se complimenter, se serrer la main chaque matin, quand Dalègre avait passé la nuit à
rôder dans les corridors, de crainte que son ami
ne tentât de s'échapper.

Cette maison, que Gardilanne avait jugée si

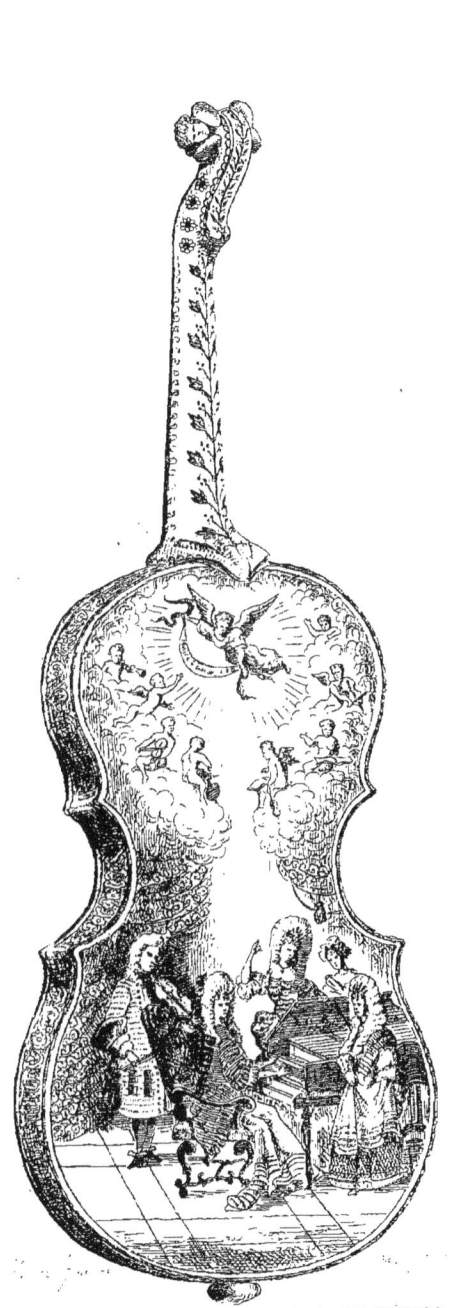

TABLE DE DESSOUS DU VIOLON DE FAÏENCE

hospitalière à son entrée, lui semblait maintenant une prison. Il n'avait plus la liberté de
ses mouvements et avait remarqué que, quand
il se levait, Dalègre se levait ou se rasseyait
quand Gardilanne s'asseyait.

C'étaient deux ombres que Gardilanne possédait. S'il se regardait dans un miroir, la figure
de Dalègre venait s'y réfléchir. La haute police
n'eût pas imaginé de surveillance plus tyran-
nique. En venant à Nevers, Gardilanne semblait
avoir rompu son ban.

En geôlier qui ne veut pas abandonner une
seconde le prisonnier confié à ses soins, Dalègre apportait l'eau chaude qui servait à la
barbe de son ami. Se défiant de Marguerite, il
la remplaçait dans les soins les plus minimes
et oubliait qu'il avait dit à Gardilanne qu'il se
couchait tôt. Chaque soir c'étaient maintenant
de longues conversations au chevet du lit de
Gardilanne qui se retenait pour ne pas crier :

— Va-t'en ! Laisse-moi tranquille !

Tous deux souffraient de cette contrainte,
des masques qu'ils attachaient à leurs sentiments, à leur figure. L'hospitalité cordiale dont
Dalègre était obligé de faire parade était aiguë
et prenait un caractère de cilice.

Un incident qui survint prouva à Gardilanne
que ses soupçons ne l'avaient pas trompé.

Ayant demandé de la moutarde à son déjeuner, la vieille servante courut à la cuisine et
revint avec un moutardier de Nevers décoré de
jolies peintures. Gardilanne poussa un cri d'admiration, Dalègre un cri de colère, et Marguerite, effrayée des conséquences de sa mala-
dresse, poussa un cri d'effroi.

Un moment les trois acteurs de cette scène,
honteux de s'être laissé emporter par l'ex-
pression de leurs sentiments intimes, restè-
rent interdits ; mais Gardilanne reprit le
dessus.

— Voilà, dit-il, en avançant la main, un
moutardier d'une élégance sans pareille.

— Peuh ! fit Dalègre, dont le bras s'allongea
pour protéger l'objet.

— Charmant, fin et d'une conservation !

— Il n'est pas mal, reprit Dalègre.

— Tu disais qu'on ne trouvait rien ici !

— Un hasard !...

— Mais quand je n'emporterais de Nevers
qu'un tel moutardier, je ne regarderais pas
mon voyage comme perdu.

Gardilanne maniait l'objet, le retournait, en faisait miroiter l'émail, poussait des exclamations, se taisait, fermait les yeux, les rouvrait en faisant claquer la langue comme s'il eût goûté un vin généreux.

En ce moment Dalègre osait regarder en face son rival et suivait de l'œil chacun de ses gestes, craignant que son ami ne mît le moutardier dans sa poche.

— C'est une petite pièce à laquelle j'ai la faiblesse de tenir, dit-il ; elle me vient de mon grand-père.

— Ah ! dit froidement Gardilanne en reposant le moutardier sur la table.

— Et vraiment, ajouta Dalègre en s'adressant à sa servante, cette femme ne sait ce qu'elle fait, d'employer à un usage journalier un meuble si fragile. Allons, reportez à la cuisine le moutardier, vieille folle ! Lavez-le avec soin et rangez-le dans l'armoire de mon cabinet, pour qu'il ne se casse pas. Je vous chasse s'il lui arrive le moindre accident.

— Comme tu traites durement cette pauvre Marguerite ! Heureusement, elle ne t'entend pas, dit Gardilanne, qui s'étonnait qu'un simple moutardier pût apporter autant d'irritation chez son ami, d'humeur paisible habituellement.

Dalègre en revint à l'attachement qu'il avait pour un objet qu'il tenait de ses grands parents, et Gardilanne, qui connaissait ce genre de raisonnement employé par les paysans quand ils traitent d'un marché, se dit :

— Il a feint cette colère pour ne pas me donner le moutardier.

Cependant Gardilanne fit contre fortune bon cœur, et ayant serré le moutardier dans l'armoire aux soupçons, le chef de bureau éprouva une sorte de satisfaction semblable à celle des juges d'instruction qui mettent la main sur une importante pièce de conviction.

Le moutardier était entré dans les yeux de Gardilanne s'il n'entrait pas dans son cabinet. Il avait été enveloppé par un regard de collectionneur qui dépasse la vivacité de celui du lynx, car il est doué d'inductions refusées à l'entendement des animaux.

Ce moutardier, le seul objet d'art qu'il avait été donné à Gardilanne d'apercevoir jusque-là dans la maison de son hôte, prenait un rayonnement particulier dû à son isolement. Il devenait une chose merveilleuse, une rareté inap-

préciable, un *monument* dans ce logis de province, froid, abandonné et paraissant mille
fois trop grand à un Parisien dont l'appartement était tellement encombré d'œuvres d'art,
qu'un visiteur trouvait à peine une chaise pour
s'asseoir.

Les fauteuils en velours d'Utrecht, les portraits de famille au pastel, le mobilier en acajou
datant de l'Empire, ne pouvaient intéresser
Gardilanne. La grande cour attenant à la maison, l'écurie, la volière, le jardin faisant suite
à la cour, la tranquillité absolue qui régnait à
l'intérieur, semblaient mortels à l'homme qui,
de grand matin, se livrait à Paris à la chasse
des objets d'art au milieu d'une foule active.

L'ingrat ne goûtait pas les senteurs matinales
s'échappant du jardin quand il ouvrait ses
fenêtres, la verdure des arbres, le pépiement
des volatiles auxquels Marguerite portait du
grain. On lui servait à déjeuner des œufs pon-
dus cinq minutes auparavant, du beurre enveloppé dans des feuilles encore humides de rosée,
des légumes qui avaient un arome particulier ;
ces jouissances, exquises pour tout autre
Parisien, n'éveillaient pas de saveurs particulières dans le palais d'un être dont les uniques

sensations étaient tournées vers des choses purement artistiques.

Un matin, pendant le déjeuner, Dalègre fut appelé dans son cabinet.

— Cinq minutes, n'est-ce pas, cher ami, dit-il à Gardilanne. Je suis à toi aussitôt.

Marguerite qui servait regardait avec commisération le chef de bureau toujours méditatif, trempant machinalement une mince mouillette dans son œuf à la coque.

— Vous n'avez pas un fier appétit, Monsieur, dit la servante oubliant les recommandations de son maître.

— Non, ma pauvre Marguerite, répondit Gardilanne absorbé par ses pensées.

— Vous ne ressemblez pas à monsieur, continua la servante... Je vous assure que ses mâchoires travaillent quand il est à table.

Gardilanne se frappa le front, indiquant que là était le siége de son grand travail.

— Dormez-vous bien au moins, Monsieur ? demanda Marguerite.

— Je me repose à peu près, dit Gardilanne.

— C'est que si votre lit n'était pas fait à votre fantaisie, il ne faudrait pas vous gêner pour le dire.

Un éclair traversa alors la pensée de Gardilanne.

— Tu n'es donc pas sourde ? s'écria-t-il.

Marguerite poussa un cri de terreur. En même temps, par un mouvement instinctif, elle porta les mains à ses oreilles.

— Si ! si ! dit-elle avec une physionomie empreinte d'effroi.

Et, s'approchant de Gardilanne, elle lui cria avec un éclat de voix à le renverser :

— Je suis sourde ! je suis sourde !

La serviette de Gardilanne en était tombée sur le plancher. Rappelant son sang-froid, il regarda attentivement la vieille servante qui restait clouée au parque , les mains serrées avec force contre les oreilles.

— Décidément, pensa le chef de bureau, quelque chose de bizarre se passe dans cette maison.

En ce moment Dalègre rentrait et Marguerite, confuse, en profitait pour s'échapper.

Ne voulant rien témoigner de la révélation qui venait de lui être faite et appelant à lui les cordes les plus naturelles de sa voix :

— Mon cher ami, dit Gardilanne, le temps se passe facilement près de toi ; mais je ne dois pas perdre ma mission de vue. Je désirerais commencer mes recherches.... Il le faut.

— Eh bien, demain, nous parcourrons la ville, dit Dalègre.

IX

IX

Une journée se passa à courir les différents fripiers de la ville, qui, en effet, n'avaient que de misérables meubles, des dessus de porte peints par des vitriers et autres objets de même valeur.

Dalègre menait son ami dans les endroits où il avait passé lui-même, cherchant à dérouter l'ardente envie d'acheter du Parisien.

Il lui fit dépenser ainsi trois jours inutilement dans les faubourgs et la banlieue, sans lui montrer autre chose que de la vaisselle populaire de Nevers, qui ne valait pas raisonnablement plus de quatre sous l'assiette.

Gardilanne, désespéré, maudissait intérieu-

rement son voyage; mais un fait nouveau re-
doubla ses soupçons.

Ayant demandé à Dalègre de quoi écrire une
lettre, celui-ci le conduisit dans son cabinet
qu'il croyait avoir débarrassé de toute pièce
accusatrice; il ne s'était pas rappelé que sur sa
table était resté un petit pupitre de faïence qui
fit jeter à Gardilanne un cri d'enthousiasme.

Dalègre, quoique se contenant, frappait du
pied; ses muscles exaspérés se tordaient dans
ses bottines. D'un air anxieux il regardait tour
à tour son juge et la significative pièce de conviction.

C'était le plus coquet pupitre qui se pût voir,
d'un émail blanc laiteux presque aussi pur
qu'une pâte tendre de Sèvres. Sur cette douce
blancheur couraient de capricieuses arabes-
ques, au milieu desquelles s'enroulaient des
fantoches à la manière de Callot; de galants
bossus contaient leurs peines à de belles dames
dont la svelte attitude faisait penser aux figures
de la Renaissance.

Tout le pupitre était couvert de caprices
jaunes et verts qui s'accrochaient à d'élégants
lambrequins se détachant sur l'admirable émail
laiteux du fond. Le peintre avait semé à profu-

sion ces amusantes figures sur les faces exté-
rieures et intérieures, le fond et les côtés du
pupitre.

— C'est une pièce vraiment royale, dit Gardilanne qui eût été homme à vivre enfermé
dans le pupitre pour mieux en jouir.

Dalègre, blême, s'écria :

— Il me vient également...

— De ta grand'mère, reprit ironiquement
Gardilanne.

Un froid glacial succéda à ce premier enga-
gement. Les deux adversaires se recueillaient,
comme pour chercher des arguments de combat. Gardilanne rompit le silence le premier.

— Comment un tel pupitre se trouve-t-il à
Nevers? C'est une des plus belles pièces de la
fabrique de Moustiers.

— Les faïenciers nivernais, dit Dalègre, vou-
laient avoir sous leurs yeux certains échantillons des produits des fabriques rivales... J'ai
bien trouvé ici des soupières de Niderviller.

— Où sont-elles?

Dalègre fut embarrassé ; il avait parlé trop
vite.

— Je... les ai... données.

— A qui? demanda le chef de bureau d'un

ton autoritaire qui laissait clairement entendre qu'il ne permettait pas à son ami de faire des cadeaux à personne autre qu'à lui, Gardilanne, l'amateur émérite, le collectionneur par excellence.

— Il y a donc des amateurs, à Nevers? reprit-il.

Dalègre, sous le coup de ces questions impératives, se trouvait à bout d'astuces.

— Je m'étonne, dit Gardilanne en adoucissant son verbe, que tu sois devenu si savant; tu parles de faïences en vrai connaisseur, et je ne croyais pas avoir à m'honorer un jour d'un tel élève.

Dalègre balbutia, invoquant son ignorance.

— Non pas, tu t'y connais autant que moi; un homme qui possède une pareille pièce est un amateur des plus délicats..... Maintenant, parlons franchement; ce pupitre est adorable, je le dis sans ambages... Veux-tu me le céder pour cinq cents francs? Tu me feras plaisir et je te devrai encore des remercîments.

— C'est un souvenir de famille, cher ami; il m'en coûterait trop de m'en séparer.

— N'en parlons plus, dit Gardilanne.

— Je te l'aurais donné volontiers s'il ne me rappelait ma pauvre grand'mère.

— Cela suffit, fit Gardilanne, d'une voix altérée.

— Cinq cents francs sont un gros prix, reprit Dalègre ; mais l'argent ne me tente pas et je voudrais pouvoir t'offrir le pupitre.

— Je comprends tes motifs, dit Gardilanne d'un ton qui laissait percer un profond dépit.

— Nous autres provinciaux, nous ne vivons que par le souvenir de la famille, s'écria Dalègre en poussant un soupir qui cherchait à se teinter d'émotion.

Il résulta de cette conversation entre les deux amis comme un souffle humide sur l'acier de leurs sentiments. La rouille semblait guetter le moment pour en déshonorer la surface polie.

Pour être sourde et contenue, une jalousie haineuse n'en couvait pas moins entre les deux collectionneurs, qui pressentaient que l'amitié et la passion du bric-à-brac ne pouvaient vivre en parfaite union.

Cependant Dalègre, en sa qualité de maître de maison, essaya de faire oublier à son hôte cette déconvenue en lui offrant, au déjeuner,

un certain vin de Bourgogne qui avait vingt
ans de bouteille ; mais les collectionneurs
se soucient médiocrement des plaisirs de la
table !

Gardilanne eût jeûné huit jours pour entrer
en possession de l'élégant pupitre de Moustiers.

— Je partirai demain, dit-il à Dalègre.

— Si tôt ?

— Que ferais-je plus longtemps dans ce
pays ? ajouta Gardilanne avec amertume.

Le déjeuner se ressentit de la dureté du mot.
Dalègre avait certains remords ; mais il ne pouvait se résoudre, malgré tout, à céder le fameux
pupitre de faïence.

Le café pris, Gardilanne manifesta le désir
de faire encore un tour dans la ville, à l'aven-
ture. Il désirait même que Dalègre ne le suivît
pas ; mais celui-ci se garda bien de lui obéir,
s'étant promis de ne point quitter le Parisien
d'un pas. Et, quoique Gardilanne parût con-
trarié de cette ténacité à l'accompagner, Dalègre tint bon.

Habituellement, les deux amis sortaient en
se donnant le bras. Ce jour-là, Gardilanne,
pour bien montrer qu'il entendait recouvrer
son indépendance, affecta de s'éloigner de quel-

ques pas de Dalègre, et comme il avait de longues jambes sèches et nerveuses, il se lança dans la ville avec une ardeur désagréable pour le Nivernais, qui était de complexion replète, plus favorisé du buste que des jambes.

Les rues hautes, Gardilanne les montait comme un soldat escaladant une barricade ; les basses, il les descendait en cheval emporté. Il traversait les grandes places pleines de soleil sans sourciller.

Dalègre soufflait ; de grosses gouttes de sueur tombaient de son front. Malgré cette course ardente, Gardilanne n'en scrutait pas moins l'intérieur des maisons et flairait chaque vieille bâtisse avec des mouvements de narines qui faisaient frémir son ami.

Ils arrivèrent ainsi aux quais, près du grand pont, à l'endroit qu'ont choisi les faïenciers populaires pour peindre la Nièvre, ses mariniers, et le soleil ardent si cher aux vignerons.

Les bords de la rivière sont habités par les gens du peuple, les ouvriers et les bateliers.

A cet endroit, Gardilanne ralentit sa marche pour donner un vif coup d'œil à chaque mai-

son ouverte, sur les murs desquelles étaient gé-
néralement accrochées quelques faïences vulgaires : assiettes avec de grands coqs, plats à
barbe rehaussés de maximes joviales, sala-
diers patronymiques où les aïeux des mariniers
sont représentés avec la figuration des saints
dont ils portaient les noms.

Ce n'était pas là ce que cherchait Gardilanne,
et cependant chacune de ces faïences lui faisait
bondir le cœur.

— Tu vois! disait Dalègre, rien que des
bricoles.

Gardilanne continuait sa course et ne lui répondait pas.

A l'extrémité du quai s'ouvre un hangar plein
d'objets de démolitions : vieilles portes, débris
de fenêtres, vieux meubles, chiffons, entassés
destinés aux fabricants de papiers. A la porte
étaient étalés des volumes dépareillés, comme
il s'en voit chez tous les fripiers.

Au fond se dressait jusqu'aux poutres une
immense armoire de paysan, dont un battant
ouvert laissait entrevoir un entassement des
choses les plus diverses.

Gardilanne s'arrêta tout à coup, comme pour
reprendre haleine, et clignant de l'œil :

— Voilà un fameux bahut, dit-il à l'homme qui, penché sur un établi devant sa maison, rabotait une planche.

Dalègre regarda le meuble et fut surpris de l'exclamation de son ami.

— Trop grand, malheureusement, dit Gardilanne au brocanteur, sans quoi je l'emporterais à Paris.

— Monsieur est de Paris? demanda le fripier.

— Voulez-vous me permettre de mesurer la hauteur de ce bahut, afin que je voie s'il peut entrer dans mon appartement? Si vous êtes raisonnable, nous nous arrangerons peut-être. Combien votre armoire ?

— Monsieur, un meuble pareil vaut cinquante francs comme un liard.

— Cinquante francs ! Vous badinez.

— Pensez, Monsieur, que le meuble est établi en chêne plein avec des ferrures comme on n'en fait plus aujourd'hui.

— Je le prendrai volontiers à quarante francs.

— Es-tu fou ? dit Dalègre à Gardilanne ; je t'en aurai de meilleurs à moitié prix tant que tu en voudras.

— Ah ! les Parisiens s'y connaissent ! s'écria le brocanteur. Ce sont des malins ; ils vous achètent cinquante francs ce qui vaut cent écus. Monsieur, regardez seulement les moulures de la plinthe. Et dites si un ouvrier serait capable aujourd'hui de travailler ainsi le bois.

En parlant ainsi, le fripier laissa sa besogne de côté, prit deux chaises, les offrit à ses visiteurs et en Bourguignon sceptique :

— Ce n'est pas comme à l'église, dit-il ; ici on ne paye pas pour s'asseoir.

— Ne vous dérangez pas, dit Gardilanne, je vois à merveille ; je ne donnerai pas de ce meuble plus de quarante francs.

— Il m'en coûte quarante et un, sans les frais de transport, et, vraiment j'y perdrais... Monsieur est assez juste pour savoir qu'il faut que chacun vive.

— A vingt-cinq francs, le meuble serait déjà bien payé, reprit Dalègre.

— Oh ! Monsieur, peut-on dire ! s'écria le marchand indigné qu'un de ses compatriotes l'empêchât de conclure une affaire.

— Quarante francs et le port, disait Gardilanne, me feront un meuble de soixante francs.

Et il sortait peu à peu de la boutique.

— Allons, Monsieur, reprit le marchand,

partageons la poire en deux ; vous me donnerez quarante-cinq francs.

— Je réfléchirai, dit Gardilanne.

— Sérieusement, est-ce que tu veux te mettre sur les bras cet affreux meuble ? lui dit en chemin Dalègre.

— J'ai besoin d'une armoire, répondait Gardilanne, et celle-ci me sera fort utile.

— Si tu restais à Nevers deux jours de plus, je me charge de t'en trouver à la campagne de plus curieuses.

Tout en discutant à propos de l'armoire, ils étaient arrivés à la porte de Dalègre, lorsque Gardilanne, prenant tout à coup ses jambes à son cou, s'échappa, criant à son ami :

— Décidément, je vais chercher l'armoire.

Et il s'enfuit, préméditant sans doute une course endiablée, car d'un coup de main il assujettit son chapeau sur sa tête.

— Gardilanne, attends-moi ! s'écria Dalègre aussi stupéfait qu'un gendarme qui voit s'élancer par la portière d'un wagon un malfaiteur confié à sa garde.

Gardilanne, sans répondre, soulevait des flots de poussière et peu à peu prenait les proportions d'un point à l'horizon.

Dalègre regarda quelque temps ce point mouvant, et haussant les épaules :

— Comme Gardilanne n'a rien trouvé à emporter de Nevers, pensa-t-il, sa manie d'acheter fait qu'il va s'embarrasser de cette méchante armoire.

X

X

Qui eût vu le collectionneur traverser Nevers d'un trait, comme une jument emportée, eût été effrayé de cette ardeur inconnue aux provinciaux.

La grande redingote voltigeant au vent, les longues jambes fendues comme un compas, les cheveux gris flottant sous les larges ailes du chapeau, ne semblaient pas d'accord avec la nature correcte du chef de bureau; mais Gardilanne se souciait peu de ce que les gens pensaient de sa course.

En moins de dix minutes, il arrive au quai chez l'étalagiste.

— Je pars ce soir, dit-il, et il est possible que j'achète votre armoire; voyons d'abord l'intérieur.

— Solide comme une porte de prison, Monsieur.

— Eh bien ! débarrassez l'armoire de ces fouillis.

C'étaient, dans le bas, des ferrailles, des ustensiles de cuisine, et, sur les rayons supérieurs, un amas d'objets sans valeur.

Dans le coin du dernier rayon brillait un morceau de faïence contourné bizarrement, qui était sans doute un tesson sans importance.

Le fripier, tout en déballant son armoire, disait :

— Monsieur n'est pas musicien, par hasard ?

— Pourquoi ?

— C'est qu'il y a dans l'armoire un joujou, une bêtise, un violon de faïence.

Gardilanne sentit son cœur éclater. Sa figure ne sourcilla point.

— Un violon d'enfant, sans doute ? dit-il en affectant de sourire avec indifférence.

— Que non, je ne laisserais pas les mioches toucher à un violon si fragile, qui vaut encore un écu de six livres.

Le marchand haussa son bras et tendit le violon à Gardilanne, qui le toucha sans le re-

garder. Sentant ses yeux se convulser, il dé-
tourna la tête dans la crainte que le fripier
ne remarquât l'altération de ses traits. Il eut
encore assez de force pour se contraindre, fit
un *peuh!* de dédain et alla ouvrir de nouveau
les battants de l'armoire, comme pour s'assurer de leur solidité. Mais c'était trop d'é-
motions!

Une étrange sensation avait passé dans le
cerveau de Gardilanne. Au coup qu'il ressentit,
il jugea prudent de s'asseoir.

Six francs le merveilleux violon, qui valait
peut-être six mille francs ! Ce sont de ces
coups qui abrègent la vie des collectionneurs,
leur moelle épinière étant exposée à trop
d'assauts.

— Voyons, dit Gardilanne, je prends l'armoire à quarante francs, à condition que vous
me donnerez le joujou de faïence par-dessus le
marché. J'ai un petit neveu à qui je serais bien
aise de faire ce cadeau.

— Va pour quarante francs, dit le marchand ;
mais vous avez là une fameuse armoire, Monsieur.

Tout en tremblant, car son système nerveux
était exalté outre mesure, Gardilanne compta

l'argent d'une main fébrile et emporta le violon
sous son bras.

— Monsieur ! lui cria le fripier, je vais vous
l'envelopper dans du papier.

— Ne prenez pas cette peine, dit Gardilanne
qui fit lui-même cette opération, craignant que
le marchand ne reprît le violon.

— Vous ne me dites pas où il faut envoyer
l'armoire ?

— Au fond de la Nièvre ! cria Gardilanne,
sitôt qu'il eut passé le seuil de la boutique.

En retournant chez Dalègre, le chef de bureau
se demanda quelle conduite il devait tenir à son
égard. Fallait-il lui montrer le précieux violon
et se venger de la mauvaise grâce avec laquelle
le Nivernais avait refusé de lui céder le pupitre
de faïence ? Mais Gardilanne satisfait perdait
tout sentiment de rancune. Trop heureux de
sa trouvaille, il attendit que sa rencontre avec
son hôte amenât une tournure quelconque à
l'incident.

Justement Dalègre était à une fenêtre donnant sur la rue par où arrivait Gardilanne, qui,
du plus loin, lui cria :

— Y a-t-il un emballeur dans les environs ?

— Voudrait-il faire emballer l'armoire ? se

demanda Dalègre, inquiet d'ailleurs du petit paquet que son ami portait sous le bras.

— Ah! cher Dalègre ! s'écria Gardilanne d'une voix pleine d'émotion, laisse-moi t'embrasser !

Plein d'émotion, le chef de bureau tomba dans les bras de Dalègre.

— Explique-moi au moins...

Gardilanne développait fébrilement l'enveloppe qui cachait son trésor.

— J'ai trouvé le violon !

— Quel violon ?

— Tiens, vois !

Alors apparut un merveilleux instrument, d'une ondulation à rendre jaloux Stradivarius lui-même. L'émail était d'une pureté incomparable, et le bleu profond des dessins faisait penser aux ciels d'Espagne. Jamais l'art du faïencier ne fut porté plus loin. Pas une fissure, pas un craquelé, même dans l'enroulement délicat du manche.

Dalègre était devenu vert; mais quand Gardilanne retourna le violon pour montrer la table de dessous, un voile passa sur les yeux du Nivernais, qui crut qu'il ne pourrait supporter la vue des peintures du chef-d'œuvre.

Des anges dans les nuages jouaient de la viole, faisant flotter une banderole sur laquelle se lisait : *Musica et gloria in aer ;* au-dessous, des personnages habillés à la Louis XIV entouraient une jolie femme au clavecin.

— Est-il assez splendide ! s'écria Gardilanne qui aurait voulu posséder autant d'yeux qu'Argus pour contempler son acquisition.

Dalègre ne put maîtriser son émotion. Une sueur froide perlait sur son front. Il voulait parler; les paroles s'arrêtaient dans sa gorge. Gardilanne lui eût donné un coup du violon de faïence sur le crâne qu'il eût préféré ce choc à la blessure morale qui le paralysait tout entier. Anéanti, il se laissa tomber sur une chaise.

— Quelle entrée après-demain dans Paris ! disait Gardilanne, plus fier en ce moment qu'un général victorieux reçu par un peuple qui le couvre de fleurs.

— Où... as-tu... trouvé... le violon ? demanda Dalègre quand il fut un peu revenu à lui.

— Chez le brocanteur du quai où j'ai acheté l'armoire.

— Est-ce possible ? s'écria Dalègre, dont tous les membres tremblaient.

— Comment! tu n'avais pas vu le violon? Il m'éborgnait les yeux dans la boutique.

— Pendant que j'y étais avec toi?

— Oui, cher ami. Ah! tu n'as pas encore l'œil américain! Quand j'ai marchandé cette abominable armoire, n'as-tu donc pas compris qu'il y avait caché dans le bocage un merveilleux oiseau que je tâchais de séduire par de douces paroles?... Je t'avais pourtant donné quelques leçons à Paris. Dis-moi où se trouve le meilleur emballeur de la ville.

— Pour le violon?

— Oui; je veux m'entendre avec lui tout de suite pour envelopper l'instrument dans de la ouate d'abord, du crin ensuite et du son.

— Es-tu si pressé?

— Sans doute; je veux partir demain.

Autant Dalègre avait été ravi, la veille, de l'annonce du départ de Gardilanne, autant à cette heure il en souffrait. Le violon déniché sous ses yeux lui crevait le cœur; mais ce qui devait séparer à jamais les deux collectionneurs ramena au contraire une sorte de concorde.

Quoique ulcéré profondément, Dalègre était redevenu tout miel pour son hôte; à table, il le

choya comme un oncle millionnaire et se montra
presque offensé du court séjour de Gardilanne
à Nevers. Il n'avait rien vu, il ne s'était même
pas reposé. Pourquoi Gardilanne ne retarde-
rait-il pas son départ?

Gardilanne ne mordit pas à ces amabilités
tardives. S'il eût pu prendre le soir même la diligence, il serait parti, ne rêvant que de mettre
en lumière, à l'endroit le plus apparent de son
musée, un monument inappréciable.

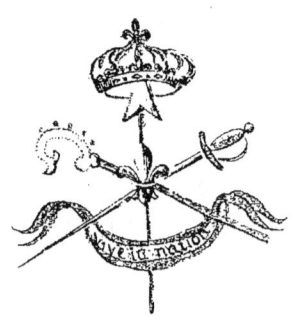

XI

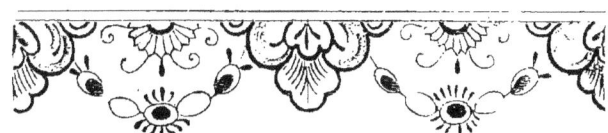

XI

Un mois après le départ de Gardilanne, Dalègre n'était plus reconnaissable. Le gai Nivernais, aux joues roses et pleines, avait fait place
à un être soucieux dont la figure prenait de
jour en jour la bilieuse livrée de l'envie.

Dalègre était jaloux, et cette passion le minait. Il mangeait à peine; toujours des songes
le poursuivaient, ayant trait au violon de
faïence.

On eût dit qu'un démon vengeur envoyait
chaque nuit des cauchemars d'autant plus dé-
sagréables qu'ils commençaient par de douces
illusions. A peine Dalègre fermait-il les yeux,
qu'il entendait une musique séraphique : des
anges chantaient et accompagnaient sainte

Cécile, qui tirait du violon de faïence des vibrations plus douces que celles du cristal.

Le cœur ému, Dalègre se laissait aller à un doux épanouissement, lorsque tout à coup les nuages bleus s'évanouissaient pour faire place à des flammes empestées, et un horrible gnome, accroupi sur la poitrine du dormeur, arrachait à l'âme de ce même violon des mélodies épileptiques, et offensait les nerfs du malheureux en même temps qu'il étouffait son corps.

Dalègre se réveillait effaré. Pour ne pas voir se renouveler ce douloureux cauchemar, il se levait, ouvrait la fenêtre, et n'osait rentrer dans son lit que quand il croyait les visions diaboliques envolées.

Le jour, si les cauchemars disparaissaient, l'idée fixe du violon ne s'en représentait pas moins.

— Il aurait été si bien accroché à ce placard! se disait Dalègre en regardant une boiserie vide.

Ou bien il pensait que sa réputation eût été consacrée à jamais, s'il avait pu entrer en possession de cette ravissante faïence.

Un jour, rangeant des assiettes empilées, il tomba justement sur les *brunettes* de Mondonville, qui l'avaient tant réjoui jadis, et qui

maintenant le faisaient presque pleurer. L'une
de ces chansons, avec son plain-chant solennel,
n'était-elle pas en harmonie avec son gai caractère d'autrefois, celle qui débutait ainsi :

> *Pour passer doucement ma vie*
> *Avec mon petit revenv,*
> *Amis, je fonde vne abbaye,*
> *Et je la consacre à Bacchvs.*

Combien il eût été doux de déchiffrer avec
le violon de faïence cette mélodie gravée sous
émail !

L'égalité de caractère qui faisait le fond de
la nature de Dalègre avait disparu. Autant il
était fier jadis d'ajouter une pièce à sa collection de faïences, autant l'occasion manquée
d'un chef-d'œuvre enlevé à sa barbe semblait
faire trou dans ces amas d'objets précieux, re-
gardés maintenant avec plus que de l'indifférence par leur possesseur.

Ce dégoût de la seule passion qui tînt au cœur
de Dalègre changea complétement sa manière
d'être. L'âme perdant tout ressort, la physionomie prit un aspect morose et le corps s'affaissa
tout à coup.

Aussi dans Nevers on s'inquiéta de l'abatte-
ment subit d'un homme qui avait tenu si longtemps la ville en fête ; les mères des jeunes
filles à marier s'étonnaient surtout de la grise
hypocondrie du célibataire jadis si gai, que
chaque famille eût ambitionné d'avoir pour
gendre.

Mais combien Dalègre était loin du mariage !
Il n'y avait jamais songé que par échappées : le
plaisir de la chasse s'empara d'abord de lui, et
la faïence survint, qui était une maîtresse bien
autrement exigeante. Sa collection fut une sorte
d'union comme en contractent souvent les
gens qui, ayant côtoyé les rives du mariage, en
ont reconnu les récifs et les brisants, et n'osent
plus tard se hasarder dans ce port à l'abri du
vent des passions.

Dalègre vivait avec la faïence ; il crut trouver la tranquillité dans cette liaison. On a vu
quels orages l'y guettaient.

Jadis pourtant un projet d'union s'était pré-
senté, qui était loin de déplaire à une jolie cousine que Dalègre avait dans la ville ; ils s'étaient
connus enfants, avaient joué ensemble au petit
mari, à la petite femme. La jeunesse était vite
arrivée, qui laissa flotter ces nœuds de l'enfance

sans les resserrer, mais sans les couper. A ce mariage projeté avait succédé un affectueux mirage dont aucune des parties ne souhaitait l'affaiblissement.

Dalègre voyait de temps en temps sa cousine chez sa mère qui ne le pressait pas, la tante jugeant avec son bon sens provincial que l'homme devait user toutes ses folles passions avant d'entrer en ménage ; mais, depuis qu'il s'était absorbé dans ses collections, Dalègre faisait de moins fréquentes visites à ses parentes.

Ayant négligé de s'y présenter pendant trois mois, il craignit des reproches et finit par ne plus oser aller voir sa tante. Cela se passait avant l'arrivée de Gardilanne à Nevers.

Quand l'incident du violon de faïence détermina chez Dalègre cette jalousie morbide qui le minait, un jour qu'il avait recouvré une apparence de calme, la raison prenant momentanément le dessus le fit souvenir que dans la ville deux parentes étaient en droit de se plaindre de son manque de savoir-vivre, et il s'y présenta avec l'espoir de trouver quelque soulagement dans un intérieur tranquille, où toutes passions étaient rigoureusement consignées.

Les dames reçurent affectueusement leur
parent, comme de coutume ; mais elles témoi-
gnèrent une si vive inquiétude du changement
subit qui s'était opéré dans sa physionomie, que
Dalègre eut peur lui-même de sa situation, en
sonda le creux et jugea prudent d'y apporter
un remède immédiat.

XII

XII

Deux jours après, Dalègre était en route pour
Paris. Sa première visite fut pour Gardilanne ;
il voulait le surprendre à l'heure de ses con-
templations, entre six et sept heures du soir,
au moment où le collectionneur, ayant achevé
son modeste repas, se grisait de pénétrantes et
violentes liqueurs qu'il buvait par les yeux, assis dans son fauteuil à oreillettes, regardant
avec béatitude ses objets d'art autour de lui
rangés.

Dalègre savait qu'à la vue du violon de
faïence il recevrait un coup de poignard au
cœur ; mais il s'était préparé à cette cruelle
blessure pendant le voyage, et, pour s'en garan-
tir, il portait une sorte de cotte de mailles, qui

était une volonté ardente d'avoir une dernière explication avec son ami.

Dalègre venait à Paris se faire voir à Gardilanne, comme un malade vient consulter un célèbre praticien, lui montrer le ravage qui s'était opéré en lui et lui dire :

— Je ne peux plus vivre sans le violon de faïence ; si je ne l'ai pas, j'en mourrai !

Ces sortes de déterminations sont de celles qui engourdissent les chagrins des natures timides et solitaires : sans cesse elles bâtissent de pareils échafaudages qui semblent simples en théorie , quoique compliqués à la pratique.

Dalègre s'était, tout du long de la route, tourmenté l'esprit de la supplique à adresser à Gardilanne, et sa démarche lui paraissait la chose la plus naturelle.

Quand il se trouva en face de son ami, il ne sut que dire. Sa langue devint paralysée et il comprit qu'une telle demande était interdite à celui qui avait refusé si nettement de céder le pupitre de faïence au collectionneur.

— Tu arrives bien, lui dit Gardilanne, le violon est monté ; dans trois jours tu assisteras à un spectacle curieux, le club des Faïences donne

un repas pendant lequel un musicien de l'Opéra
doit jouer un air sur mon violon.

Dalègre baissait la tête sans souffler mot.

— Demain je te présenterai au Faïence-club et
tu me remercieras, j'en suis certain, car tout le
monde n'y est pas admis... Il faut, pour faire
partie du club, justifier d'une collection cu-
rieuse et de connaissances approfondies en
céramique.

Dalègre ne répondait guère par sa mine à
l'enthousiasme que témoignait son ami.

— Ne savais-tu pas, continua Gardilanne,
que c'est la question à l'ordre du jour? On
ne vit à Paris que pour la faïence ; de toutes
les parties de l'Europe arrivent des étrangers
de distinction qui sollicitent la faveur d'être
reçus dans notre club. Nous avons chaque premier vendredi du mois un repas de corps, servi
dans les plus belles faïences qui se puissent
voir, et un prix est décerné dans le courant de
la soirée à l'amateur qui produit une pièce inconnue.... Pour t'en donner une idée, le dernier mois nous avons eu tout un service de légumes, de fleurs et de fruits en faïence. C'est un
médecin du boulevard Beaumarchais qui a passé
sa vie à recueillir ces beaux produits, asperges,

poires, noix, pêches, etc.; l'illusion est poussée
si loin que nous nous sommes aperçus seulement au moment de les manger que ces fruits
étaient en faïence. Voilà un homme payé de ses
travaux et de ses recherches! Nous avons donné,
comme tu penses, une médaille à ce médecin.

— Je ferais bien de consulter un tel praticien,
se dit Dalègre atteint de la maladie de la faïence.

— Tu as l'aspect mélancolique ? demanda
Gardilanne.

— Je ne suis pas bien portant, depuis longtemps, depuis ton départ, dit Dalègre qui commençait à poser ses pions.

Mais Gardilanne ne paraissait pas disposé à
accepter cette partie.

— Il faut venir au club, dit-il, tu y verras un
service complet de Rouen à la corne; il nous est
échu à bas prix à la suite d'une séparation de
corps et de biens prononcée par le tribunal au
profit de la femme d'un amateur, un peu trop
négligée par son mari poursuivant la faïence.
S'imaginant que la corne lui avait porté malheur, cet homme qui manquait de philosophie
s'est défait de son service du jour au lendemain ; le club en a profité.

Dalègre ne songeait guère à la corne de

Rouen et suivait à peine les dissertations de Gardilanne, qui s'échauffait sans se douter que son ami ne l'écoutait pas.

— Si tu as quelques jours à passer, je te présenterai, dit-il, à un amateur qui a la plus singulière collection de faïences qui se puisse imaginer. Il ne recherche que les faïences de la Révolution de 1789 ; assiettes de la Fédération, brocs en mémoire des prêtres constitutionnels, saucières chantant les vertus de M. Necker, soupières représentant la prise de la Bastille. Cet être bizarre a rempli une maison du haut en bas de céramiques séditieuses, couvertes de cris incendiaires, de chansons brutales, qui ont abaissé la noblesse et le clergé, en même temps qu'elles conduisaient le roi à sa perte. C'est hideux, et je me demande comment on peut collectionner de viles poteries qui rappellent à la mémoire une époque ensanglantée... Mais je dois dire que cet amateur est mal vu de nous tous, car sa collection fait penser au massacre et au pillage des objets d'art de toute sorte. Nous avons pour secrétaire du club une personne mieux posée, qui ne recherche que les fleurs de lis appliquées aux assiettes, aux cadrans d'horloge, aux fontaines et même aux bassinoires. Voilà une collection intéressante et qui marquera dans l'avenir... Si tu le préfères, je te conduirai, rue de Vendôme, chez un comédien qui s'est voué aux coqs au fond des assiettes... Il en possède dix-sept mille. Ce n'est pas une idée politique qui le guide, mais la singulière variété de poses, de plumages, de coloration ; on dit que ces dix-sept mille coqs de faïence lui coûtent déjà une somme considérable.

Ces détails, qui autrefois eussent peut-être intéressé Dalègre, ne le détournèrent pas de son idée fixe ; ni le club de Faïence, ni le Rouen à la corne, ni la saucière en mémoire du désintéressement de M. Necker, ni les fleurs de lis, ni les coqs, ne pouvaient l'empêcher de penser au violon de faïence.

Gardilanne le mena chez les messieurs Crauk frères. Atteints de l'épidémie, ces riches banquiers se faisaient un plaisir de montrer aux amateurs un dé à coudre de l'époque de Henri II, qui avait coûté six cent vingt-sept mille francs cinquante centimes, à la vente de feu Rattier ; cette pièce, qui mettait en danger les jours des messieurs Crauk frères, car ils avaient des envieux, laissa Dalègre froid. Toujours le son cristallin du violon de faïence résonnait dans ses oreilles.

— Veux-tu voir le carrosse en faïence qui a appartenu à madame Dubarry ? demanda Gardilanne ; mais Dalègre ne trouva pas un compliment pour ces plaques couvertes de dessins galants, de la fabrique du marquis de Custine.

Il vit aussi, sans les regarder, toutes les faïences des bords du Rhin, d'un *pink-colour* d'un ton carminé à rendre joyeux un hypocondriaque ; les colorations de Strasbourg et de Niderviller ne purent changer le cours de ses idées empoisonnées par le violon de faïence.

Gardilanne obtint pour son ami la permission de pénétrer dans une ménagerie de faïence, appartenant à un collectionneur de l'île Saint-Louis, qui n'aimait pas les visiteurs. La cour, le jardin étaient remplis d'animaux de faïence de grandeur naturelle, lions, chiens, dragons aux regards furieux, qui semblaient vouloir dévorer ceux qui se présentaient.

Dalègre entra dans cette ménagerie comme Orphée aux enfers, tenant le violon (hélas ! absent) de Gardilanne sous le bras et défiant la colère de ces monstres de faïence.

Aux environs du palais du Luxembourg, ha-
bitait un spécialiste qui ne recherchait que les
chaises percées de faïence. Il en possédait seulement trente-sept, des morceaux de rois. En
les voyant, on ne rêvait qu'à passer sa vie sur
ces vases sortis des fabriques de Rouen à l'é-
poque où l'art normand était un rayonnement
pour la vue.

Dalègre préférait encore le violon aux garde-
robes polychrômes.

Il assista à de violents débats entre les amateurs de faïences et les amateurs de porce-
laines. Partout il n'entendit qu'un cri de dédain
contre l'ancien Chine, le Japon et le Saxe : même
la pâte si tendre de Sèvres ne pouvait obtenir
grâce devant les collectionneurs de faïences.

Ces discussions ne faisaient pas oublier à
Dalègre le but de son voyage. Tous les jours il
se disait qu'il avouerait à Gardilanne la cause
de sa tristesse, quoiqu'il sentît que jamais son
ami ne se dessaisirait en sa faveur du fameux
violon qui faisait l'envie de tout Paris ; car il
n'y avait pas un collectionneur qui, aussitôt
l'arrivée de Gardilanne, ne lui demandât des
nouvelles de l'extraordinaire instrument.

Dalègre partit de Paris sans avoir révélé le

secret qui lentement le conduisait au tombeau ; mais une idée nouvelle s'empara de lui, qui était d'avouer par lettre à Gardilanne la cause de son mal, et d'y mettre une telle sincérité qu'à moins d'avoir un cœur de roche, son ami devait en être touché.

En effet, la lettre de Dalègre, qui fut lue en plein club de Faïence, car elle constatait trop la valeur du violon pour que Gardilanne en fît un mystère, était réellement navrante. Le Nivernais y dépeignait la secousse qu'il avait reçue lors de la découverte du violon par son rival, l'importance qu'il attachait à sa possession et les tourments affreux qui lui avaient enlevé la joie, l'appétit, le sommeil, l'amour de la vie.

Le club plaignit modérément Dalègre. Chacun des membres était atteint de maladies semblables à différents degrés, et les malades s'intéressent médiocrement à l'être souffrant des mêmes maux ; mais ce n'en était pas moins un beau *cas*, et si le club avait eu un Bulletin, nul doute que Dalègre n'y eût été imprimé vif.

La gloire de Gardilanne en fut rehaussée d'autant, comme celle d'une jolie femme pour l'amour de qui un certain nombre d'adorateurs se font sauter la cervelle.

— Que répondrez-vous à ce provincial? demandèrent à Gardilanne les collectionneurs qui méprisaient Dalègre, dont l'enthousiasme avait été faible à la vue des merveilles parisiennes.

Gardilanne haussa les épaules, montrant par là combien le *desiderata* de son ami était insensé ; cependant, comme le collectionneur avait conservé un bon souvenir de Nevers, qu'en somme, c'était grâce à l'hospitalité de Dalègre qu'il avait déniché le violon, il lui répondit qu'il s'engageait à lui laisser l'instrument après sa mort. Sa lettre, disait-il, l'avait fait penser à la nécessité d'un testament, et Dalègre était mentionné comme devant hériter du violon, s'il survivait à Gardilanne.

Quelle joie, quels transports de la part du Nivernais ! Il y avait si longtemps que son cœur ne s'était ouvert à l'épanouissement !

Il se voit déjà en possession du violon et voudrait l'annoncer à chacun. Il court chez sa cousine, la surprend par ce regain de bonne humeur étouffée depuis plus d'un an sous les brumes de la mélancolie.

Dalègre est redevenu l'ancien Dalègre d'autrefois, vif, gai, l'esprit tourné aux choses plaisantes : lui-même songe au plaisir que manifesteront ses concitoyens à le voir revenir à cette heureuse sérénité si prisée dans la vie. Il parle, il conte, il rit, et chacun de ses propres rires réconforte son esprit privé depuis longtemps d'agréables pensées.

Dalègre se sentait devenir vieux avant l'âge ; les parfums d'une seconde jeunesse emplissent son cerveau.

Il descend à son jardin qu'il n'entretenait plus et qui serait devenu inaccessible si la vieille servante ne veillait à la taille des arbres. Dalègre s'étonne de la tendre couleur des roses, de leur doux parfum. L'air vif qui vient de la Nièvre rafraîchit sa tête.

Dalègre pense aux fleurs, à l'eau, aux arbres. Si la chasse était ouverte, il courrait encore les bois ; si les soirées d'hiver n'étaient pas terminées, il s'y montrerait infatigable danseur.

Il se regarde par hasard, et, tout honteux de ses habits, que depuis longtemps il ne changeait plus, Dalègre court à son armoire, en tire un élégant gilet, un pantalon printanier, un habit de fantaisie, et plante une rose à la boutonnière. C'est ainsi qu'il traverse la ville de

Nevers. Cette révolution subite est produite par la promesse de Gardilanne.

— J'aurai le violon ! s'écrie Dalègre, qui prend pour confidente sa vieille domestique, heureuse de cette transformation, car elle supportait difficilement les acrimonies de son maitre depuis la fatale manie de la collection.

XIII

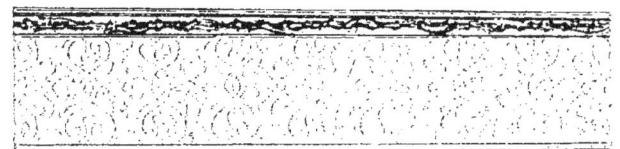

XIII

Cet enthousiasme ne pouvait durer.

Au bout d'une huitaine, la griserie avait quitté Dalègre qui, maintenant, ne rêvait plus qu'à la succession de Gardilanne, à sa mort par conséquent.

Gardilanne était de complexion sèche; sa passion l'entraînait à l'exercice, la meilleure des hygiènes. Ce n'était pas un collectionneur à s'engourdir dans un fauteuil et à s'atrophier les membres dans une contemplation à la turque.

Qui pouvait pronostiquer la fin de l'homme, dans toute la force de l'âge, et qui, d'ailleurs, savait se sevrer des jouissances dévorantes de la vie parisienne ?

La vie de province s'écoule doucement. Mais combien elle peut devenir pesante quand un être passionné vit attaché à l'idée d'une succession lointaine !

Gardilanne, eût-il agi méchamment, n'aurait pu inventer de plus cruel supplice pour châtier un rival. Le violon s'était changé en un boulet attaché à la jambe de Dalègre.

Dans le premier moment de son ravissement, il avait renversé l'ordre de sa collection et gardé une place pour y placer le violon. Cette place vide, il fut obligé de la combler, tant elle lui serrait le cœur quand ses regards s'y arrêtaient.

Jadis Dalègre recueillait l'encens des visiteurs à la vue de sa collection; elle lui pesait actuellement, car combien n'était-elle pas inférieure aux trésors accumulés des divers spécialistes dont il avait pu manier les faïences ?

Il cherchait bien encore quelques pièces rares, et parfois il en trouvait ; mais la province la plus féconde en objets d'art peut-elle rivaliser avec les arrivages de l'hôtel des commissaires-priseurs qui, pendant huit mois de l'année, font sortir des points les plus éloignés de

toute l'Europe des milliards de curiosités à
nulles autres pareilles ?

Pour ne pas perdre le courant, Dalègre allait
parfois dîner à l'Hôtel des Voyageurs, certain d'y rencontrer quelque marchand *chi-
neur*, de ceux qui vont en province, s'introdui-
sent résolûment dans les maisons, sont mis
à la porte par les bourgeoises défiantes, mais
rentrent par la fenêtre et fouillent alors la
maison de la cave au grenier pour y trouver
d'anciens objets curieux.

Quand il rencontrait un de ces marchands,
Dalègre échappait à l'ennui, car l'homme
apportait de la poussière de Paris à ses man-
ches.

Dalègre l'invitait à venir visiter sa collection,
causait céramique, s'entretenait la main en mettant sur le tapis son cher violon de faïence.

L'instrument avait conquis une telle popula-
rité en Europe qu'un jour Dalègre reçut de
Gardilanne un Mémoire imprimé à l'occasion
du précieux objet.

Un Hollandais, membre de la société *Ami-
citia*, d'Amsterdam, était venu pour se rendre
compte de la célèbre pièce, et comme il avait
l'esprit national développé au plus haut point,

il eut l'audace d'attribuer l'origine du violon aux fabriques de Delft.

Le club des Faïences fut vivement ému de cette affirmation, basée seulement sur deux petits crochets croisés, qu'on entrevoyait par l'ouverture des *ff*, que le Hollandais assurait être la marque du célèbre potier Bisbroock.

Le club souscrivit immédiatement pour l'impression d'un mémoire qui devait rabattre l'orgueil du Hollandais, et les adversaires qui, chaque jour, se disputaient avec passion pour Rouen, pour Niderviller, pour Nevers, pour Marseille, pour les Islettes et pour Sinceny, oublièrent leurs rancunes et se réunirent contre le Hollandais, car il s'agissait avant tout de défendre la France céramique contre une nation rivale qui, pour s'être inspirée de la Chine et du Japon, voulait imposer sa supériorité à toute l'Europe.

La ruine de Delft fut décrétée, et une plume habile se chargea de tailler de rudes croupières à l'orgueilleuse Hollande.

Un dessin exact du violon de faïence était joint à cette brochure avec les différentes coupes et élévations, afin que les connaisseurs pussent examiner si ces dessins élégants et ces personnages finement dessinés offraient quelque

parenté avec les motifs habituels des peintres
de Delft.

Le mémoire contenait en outre une consul-
tation d'un savant céramiste de la manufacture
de Sèvres, qui avait étudié à la loupe le caractère de la pâte, à l'endroit où cette pâte ne se
trouvait pas recouverte d'émail.

L'auteur du mémoire n'hésitait pas à placer
le berceau du violon à Nevers; mais c'était
surtout dans la partie polémique qu'il triom-
phait; et elles fournissaient matière à ses rail-
leries, ces plaques en faïence si nombreuses et
si vulgaires que les Hollandais, n'en sachant que
faire, avaient imaginé d'en mettre jusque dans
les étables pour distraire les animaux, croyant
meubler leur cerveau d'images plaisantes, et
égayer par des scènes de la vie domestique les
gros yeux des bœufs accroupis sur la litière.

Dalègre fut ravi et contristé en lisant ce
mémoire qui allait vivement populariser le violon de faïence en soulevant l'Europe entière par
d'ardentes polémiques.

Un objet si merveilleux entrerait-il jamais
dans son cabinet? Gardilanne n'oublierait-il
pas ses promesses? Avait-il réellement testé en
faveur de Dalègre, et un jour ne pouvait-il pas

déchirer ce testament pour le remplacer par un autre d'une teneur contraire à ses premières intentions?

La vie du Nivernais se teintait plus que jamais de gris, et les sons de ce violon qu'il entendait constamment si doux et si cristallins, loin d'opérer le charme attribué à la musique, amenaient sur son visage mille rides creuses où se logeaient la perplexité, l'inquiétude, la jalousie et jusqu'à la haine.

Dalègre se surprenait à souhaiter la mort de Gardilanne, et son âme s'épanouissait à cette idée.

Les collectionneurs n'ont pas d'entrailles!

Mais ces mauvais sentiments étaient punis aussitôt par les propres souffrances que se créait Dalègre.

Un an après la publication du mémoire contre Delft, Dalègre reçut en lisant son journal un coup aussi violent qu'un bœuf dans l'abattoir du boucher.

Ce n'étaient que deux lignes dans les Faits divers, mais deux lignes dont chaque lettre était un poison violent.

Gardilanne offrait sa collection au musée Du Sommerard. Le ministère acceptait ce don et décrétait l'ouverture d'une salle particulière qui porterait le nom de Collection-Gardilanne ; en récompense de ce sacrifice, l'ex-chef de bureau était nommé conservateur de ses propres richesses.

Un vaisseau se serait rompu dans la poitrine de Dalègre, qu'il n'eût pas plus souffert. Tout de suite lui vint à l'esprit l'idée du violon, la pièce rarissime du cabinet de Gardilanne. Etait-il probable qu'il l'en distrairait pour en faire cadeau à un simple collectionneur de province? Il semblait délicat d'en écrire à Gardilanne et de lui rappeler sa promesse ; cependant ne fallait-il pas s'en assurer avant l'installation de la collection au Musée de Cluny?

Dalègre trouva un biais ; ce fut d'envoyer à son ami quelques chaudes paroles d'assentiment pour son généreux dévouement à l'art. Dalègre offrait même de grossir le don de Gardilanne par quelques pièces rares qu'il avait découvertes récemment, disait-il.

La vérité est que Dalègre eût donné volontiers à cette heure toute sa collection en échange du violon qui lui échappait.

Ainsi que certains amateurs, il s'était rassasié la vue de ses faïences pour les avoir trop

regardées, trop maniées ; elles lui étaient devenues complétement indifférentes.

Contre toute attente, Gardilanne ne répondit
pas aux offres amicales de Dalègre, dont les
soucis augmentèrent d'autant. Pas un remer-
cîment pour son désintéressement ! C'était la
plus grande malhonnêteté qu'un homme pût
subir.

Dalègre en souffrit considérablement, car il
se disait que ne pas répondre à sa lettre était
une rupture de la part de Gardilanne, qui, ne
se souciant pas d'accomplir ses promesses, indi-
quait ouvertement par ce procédé un changement dans ses anciens projets.

Dalègre eut un moment l'idée de partir pour
Paris, de reprocher à son ami la perte des
illusions qui l'avaient soutenu depuis quelques
années, de l'apitoyer et de lui faire toucher
du doigt les plaies saignantes causées par le
violon de faïence. Mais, jugeant des autres
collectionneurs par lui-même, Dalègre leur
trouva le cœur sec, dur, recouvert d'un émail
plus froid que celui de la faïence ; sur cet
émail devaient glisser les reproches et les récriminations.

Enfermé dans une petite ville sans horizons,

n'y pouvant trouver l'isolement, craignant d'être plaint, souffrant de questions indiscrètes, Dalègre devint un véritable martyr de la faïence. Il souhaitait la mort, et passait des nuits sans sommeil à la prier de le délivrer de ses maux.

La mort ne vint pas dans la maison du Nivernais.

Comme elle n'entendait parler que de faïences, peut-être se trompa-t-elle de porte ; car elle saisit brusquement Gardilanne et l'enleva avant qu'il eût installé sa collection au Musée de Cluny.

On trouva un matin le célèbre amateur, inanimé dans son fauteuil, entouré des riches objets au milieu desquels il s'était éteint subitement.

Le même jour une dépêche, envoyée par un notaire, apprenait à Dalègre cet événement et la mention d'un don particulier dans l'héritage de Gardilanne.

Dalègre partit aussitôt pour assister au convoi de son ami ; mais à peine descendu de diligence, il alla rendre visite au notaire, afin de bien s'assurer que le violon de faïence était l'objet mentionné dans les dernières volontés du testateur.

Gardilanne avait tenu parole. Désormais le fameux violon allait passer aux mains de l'homme dont il avait troublé l'existence.

Pendant le convoi, Dalègre sentit couler une larme. Il eût fallu sans doute l'étudier pour connaître de quels sentiments divers elle était composée ; mais ce sont des substances particulières que la chimie actuelle est incapable d'analyser.

XIV

XIV

Non-seulement le violon était une pièce unique, il possédait en outre une qualité bien rare
en céramique, c'est-à-dire une virginité de
forme et de colorations dans tout son ensemble.
Pas un coup de feu! Pas de couleurs se jetant
hors du chemin qui leur avait été tracé.

C'était une pièce *intacte*, d'une valeur inappréciable, car les raccommodages, les rattaches,
les repeints, le vernis substitué à l'émail, le
plâtre à la terre cuite, sont choses trop fréquentes dans les cabinets d'amateurs, qui s'in-
quiètent plus de l'apparence que de la réalité.

A part les cordes, le chevalet et les vis pour
monter les cordes, l'instrument tout entier
était en faïence. Dalègre se rappela l'excessive

prudence qu'avait apportée jadis Gardilanne
à son emballement, et l'instrument, molle-
ment étendu dans sa boîte, fit le trajet de Paris
à Nevers sur les genoux de son nouveau propriétaire.

Les compatriotes de Dalègre reconnurent à
sa mine que décidément les soucis s'étaient
envolés à jamais pour faire place à un état
plus joyeux.

La mort de Gardilanne assurait dix années
de plus à Dalègre. Ce n'était plus le même
homme ; son voyage l'avait rajeuni, sa mine
faisait plaisir à voir.

A peine descendu de diligence, après avoir
jeté un coup d'œil de mère sur l'objet précieux
chaudement blotti dans son lit de coton, il courut la ville pour annoncer cette bonne nouvelle
et inviter tous ceux qu'il rencontrait à venir le
lendemain voir le violon ravi à la capitale, installé à jamais dans le lieu où il avait pris naissance.

Justement, c'était le jour où paraissait la
Feuille d'Avis de Danel. Dalègre alla trouver
l'imprimeur et lui raconta les diverses pérégrinations du violon de faïence, dont les jour-
naux d'art parisiens déploraient la perte.

Danel écouta gravement le récit pour s'en bien pénétrer, promit un article en tête des *Nouvelles Locales* de sa feuille, alla au café faire ses interminables parties de piquet habituelles, et se plaignit de l'absorbant métier de journaliste dont l'imagination est sans cesse en éveil.

Dalègre rentra chez lui vers les quatre heures, afin d'avoir le temps d'accrocher triomphalement son violon et d'en jouir pendant le dîner.

Ceux qui n'ont pas étudié un collectionneur à certaines heures ne peuvent savoir ce qui se passe dans l'esprit de ces hommes. Rien dans un cabinet de curiosités n'étant sacrifié au hasard, ce sont de profondes méditations qui déterminent si une pipe chinoise doit être accrochée au-dessus d'un crapaud desséché du Malabar.

Dalègre était plein de soins en pareille matière. Il fallait prendre garde d'étouffer le violon par un entourage de faïences disparates. Comme le violon avait un décor monochrôme, il était important d'éloigner de lui les pièces à peintures éclatantes.

Tout dans l'appartement devait être sacrifié au violon; même Dalègre pensait avec rai-

son qu'il serait prudent de changer la tapis-
serie de la chambre pour faire ressortir le
violon de faïence par une tenture d'un ton
neutre, comme aussi la merveille devait se
trouver accrochée assez haut pour que les pro-
fanes ne pussent y porter la main, et assez
bas afin que, monté sur un escabeau, le propriétaire pût la faire admirer sous toutes ses
faces.

A six heures, la vieille Marguerite était déjà
venue deux fois annoncer le dîner et n'osait
plus reparaître, car un geste bref de Dalègre
l'avait éloignée comme si le collectionneur
avait été dérangé au moment de changer la face
de l'Europe. Il changeait ses faïences de place.
Mais les cheveux en arrière, l'œil allumé, la
rougeur du teint, témoignaient quelle importance Dalègre apportait à son classement.

Il venait de disposer en triangle, au-dessous
de l'espace vide réservé au violon, les trois
curieuses assiettes à musique, et il ne pouvait
s'empêcher d'admirer son invention pour avoir
rapproché de l'instrument les canons du sieur
de Mondoville, se demandant si les dames qui
visiteraient son cabinet ne seraient pas cho-

quées des paroles un peu salées de la *brunette*
qui commence vivement :

Croyez-vovs qu'Amovr m'attrape
De m'avoir osté Catin ?

Mais les collectionneurs ne jouissent-ils pas
de licences particulières ?

L'air de cette *brunette* était réellement si gai
que Dalègre, qui avait quelque teinture de
musique, n'y put tenir et se mit en devoir de
jouer immédiatement du merveilleux violon
dont il n'avait jusqu'alors entendu le son qu'en
rêve.

Le jour commençait à baisser. Dalègre ap-
pela sa servante qui accourut, croyant qu'il
fallait servir le dîner. Il n'était guère question
de repas. Dalègre voulait seulement se régaler
de musique ; un peu de lumière pour l'instant
était sa seule préoccupation.

Tout en grommelant contre la faïence, Marguerite apporta une lampe et sortit en annon-
çant que le dîner ne serait pas mangeable.

Dalègre avait autre chose à penser. Il lui
fallait monter le violon dont, par précaution,
il avait desserré les clefs pendant le voyage, et

11

il se mit en mesure de l'accorder comme un instrument ordinaire.

Les cordes à peu près tendues, Dalègre prend un archet et veut tirer des accords ; mais les sons étouffés démontrent que le chevalet est mal ajusté. Pour y remédier, Dalègre est obligé de forcer de nouveau les chevilles du violon.

Tout à coup, pendant cette opération, un sinistre craquement se fait entendre.

La table de faïence éclate, tombe, se brise en vingt morceaux, et Dalègre effaré reste avec le manche de l'instrument dans la main !

Une seconde il devint muet.

La fureur s'empare de lui. Dalègre pousse un cri terrible, jette avec rage l'unique tronçon qui reste de la merveille, et, plein de fureur, se rue contre les faïences accrochées aux murs.

La vieille servante accourt en entendant ce bruit, trouve son maître hors de lui, les yeux injectés de sang, le corps agité par des mouvements convulsifs, les bras frappant de tous côtés à coups redoublés et amenant à chaque coup un nouveau désastre.

Marguerite veut s'emparer de lui. Dalègre ne la reconnaît plus, se collette avec elle, rencontre un bahut chargé de poteries, accule sa ser-

vante contre ce meuble, qui tombe avec un épou-
vantable bruit.

Le cabinet donnait sur la rue. Aux cris
de Marguerite, les voisins accourent en foule,
achèvent d'écraser sous leurs pieds les morceaux épars de cette collection si précieuse ;
et quand, après de nombreux efforts, on par-
vient à s'emparer de Dalègre, il ne reste plus
traces de ce qui fit sa joie et son chagrin pendant cinq ans.

On pense quelle rumeur cet événement oc-
casionna dans la ville. L'alarme est donnée.
Les pompiers accourent. Il s'en faut peu que
le tocsin ne sonne.

Les détails de ce désastre ont été consignés
dans la *Feuille d'Avis de Danel*, où les histo-
riens des arts céramiques trouveront de précieux renseignements (1).

Danel s'était mis en frais d'imagination pour
suppléer aux connaissances techniques dont il
n'avait aucune teinture.

Dalègre y était traité « d'un de nos plus
estimables concitoyens, » attaqué subitement
d'une fièvre chaude qui avait donné des in-

(1) Année 1860, 15 mars, n° 29, première page, seconde co-
lonne.

quiétudes d'abord, mais qu'« un habile praticien de la cité » répondait de dissiper.

Quoique Dalègre eût renoncé, depuis près
de cinq ans, au monde et aux plaisirs de la
société, les gens de la ville le plaignirent vivement, à l'exception toutefois de l'avocat Balan-
drau, qui, ne sachant pas résister au plaisir de
faire une plaisanterie, lança le soir au café un
mot sur l'accident :

— Dalègre, dit-il, est tombé en *défaïence*.

Les gens d'esprit n'ont aucune pitié.

XV

XV

Au bout d'un mois, Dalègre, pâle, amaigri, se réveilla comme d'un rêve affreux qui avait duré longtemps et pendant lequel étaient venus se représenter, en une suite de tableaux bizarres, les pensées et les faits qui, durant cinq ans, absorbèrent son esprit.

La faïence lui apparaissait sous la forme d'une horrible mandragore, planant au-dessus de la France, ayant les pattes appuyées à la fois sur Rouen, Strasbourg, Moustiers et Nevers, qu'elle tenait sous sa domination.

Les habitants de ces villes étaient eux-mêmes des êtres en faïence, brillants et polis, mais qui, pour ne pas gâter leur émail, étaient obligés de n'avoir aucun rapport entre eux. C'étaient des ètres froids, condamnés à l'égoïsme, ne parlant pas, vivant dans une absolue immobilité et craignant la mandragore.

Par suite de difficultés qui se présentent journellement entre les empires les plus liés en apparence, les diverses villes se battaient entre elles, et une rivale jalouse, Delft, en profitait pour imposer ses lois.

Mille tableaux singuliers se déroulaient ainsi dans l'esprit de Dalègre, jusqu'au jour où succédèrent à ces cauchemars des soins de toute espèce, un renouvellement de santé, un rappel à la vie, l'assistance de deux femmes pleines de dévouement, dont la plus jeune ne cachait pas le vif intérêt qu'elle portait à son cher malade.

La tante de Dalègre et sa cousine furent les premières à s'installer près de son lit, pendant le long espace de temps que durèrent les troubles du cerveau qu'on craignait de voir éclater.

Six mois après, Dalègre, complétement rétabli, épousait sa cousine et devenait le modèle des époux.

Les enfants ne manquèrent pas à cette union, et Dalègre, attendri en regardant l'émail des yeux de ses jolis enfants, la transparence de leur teint, le gai *pink-colour* de leurs joues, disait à sa femme chérie quelles illusions de bonheur cherchent au milieu de vieilleries du passé les collectionneurs qui, se privant des tendresses domestiques, sentent tous les jours leur âme se racornir, leurs plus tendres sentiments s'ossifier.

TABLE DES GRAVURES

FIN DE LA TABLE.

Librairie E. DENTU, Galerie d'Orléans, Palais-Royal

HISTOIRE

DES

FAÏENCES PATRIOTIQUES

SOUS LA RÉVOLUTION

PAR

CHAMPFLEURY

Troisième édition avec 100 gravures et marques nouvelles
1 vol. in-18 — 5 fr.

 Ce livre, plein d'indépendance et à travers
duquel souffle un vent de liberté républi-
caine, se rattache à la série d'art populaire
sous toutes ses formes, que recherche
M. Champfleury avec patience. Ce que le
peuple chantait, le sentiment de croyance
auquel il obéissait, les révoltes qu'il traduisait par un burin
satirique, ses aspirations à l'égalité et à la
fraternité, se retrouvent dans les diverses
publications du même auteur, mais non pas
affirmés et exprimés aussi nettement que dans
l'*Histoire des faïences patriotiques*. C'est
pourquoi, en présence du grand succès de cet
ouvrage, l'auteur a apporté à chaque édition les soins qui lui sont habituels pour répondre de son mieux aux encouragements du public.

LIBRAIRIE DE E. DENTU, ÉDITEUR

PARIS. — Impr. J. CLAYE. — A. QUANTIN et Cie, rue St-Benoît. — [1833]

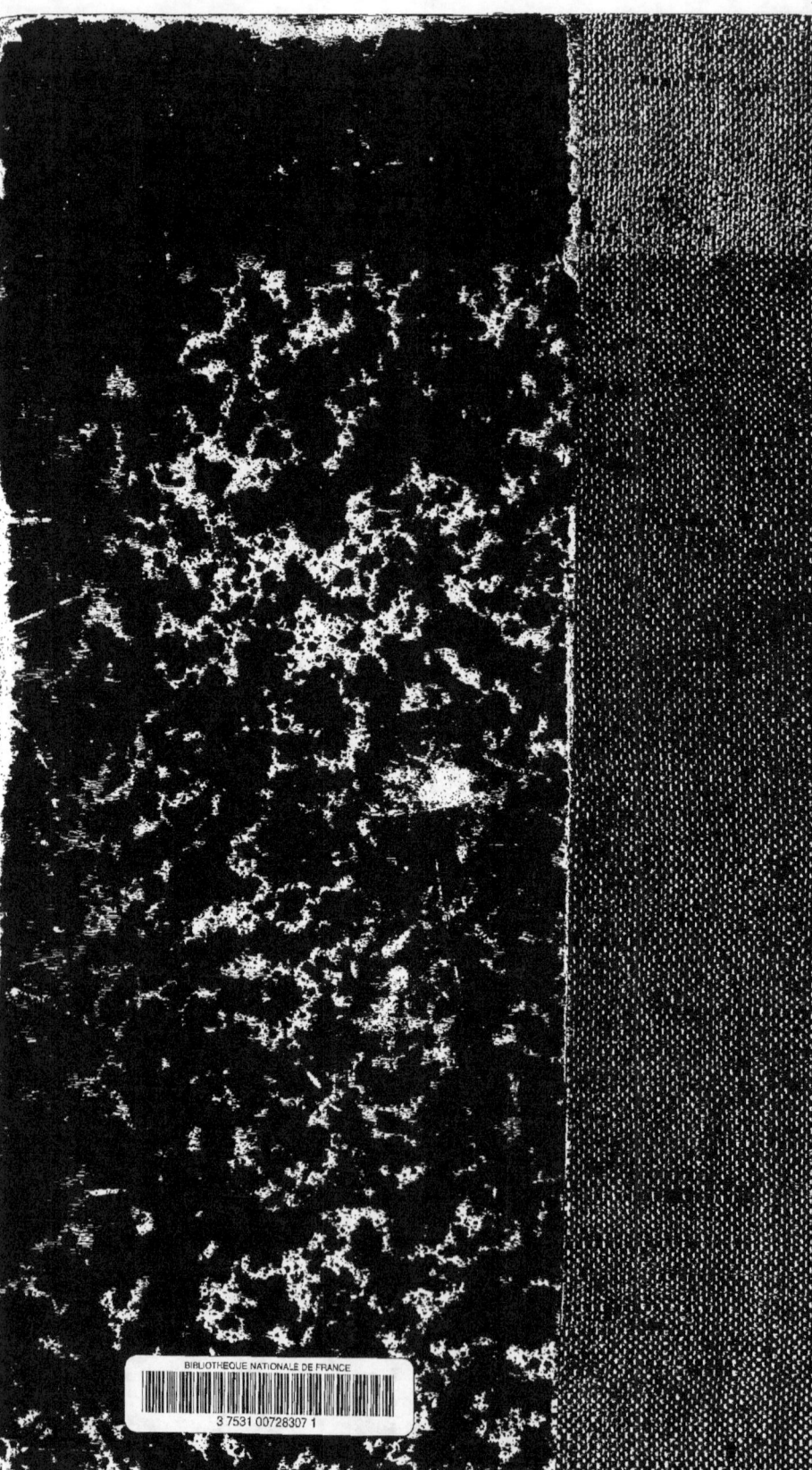

www.ingramcontent.com/pod-product-compliance
Lightning Source LLC
Chambersburg PA
CBHW051829020726

47502CB00005B/1698